作家榜®经典名著
★★★★★★★★
读经典名著，认准作家榜

芭蕉杂记

ばしょうざっき

［日］芥川龙之介 著

林青华 译

浙江文艺出版社

本书译自日本岩波书店

1977年版《芥川龙之介全集》

只要一提到艺术,空中立即出现常人不知晓的金色的梦。

人生类似一部许多书页散落的书。它难说是一部书，但是，总而言之它构成一部书。

懒觉醒来迟，强起春雨中。

鸟儿已静静入眠,梦乡也比我们的安稳吧。鸟儿是只活在当下的。但是,我们人类必须活在过去和未来。在此意义上,也就必须去尝悔恨和忧虑的痛苦。

在某个雪霁的薄暮，我看见一只纯蓝色的乌鸦，停在邻居屋顶。

目录 もくじ

001	追忆
027	肉骨茶
057	关于书的事情
065	芭蕉杂记
093	续芭蕉杂记
099	侏儒的话
200	附录：芥川龙之介年谱

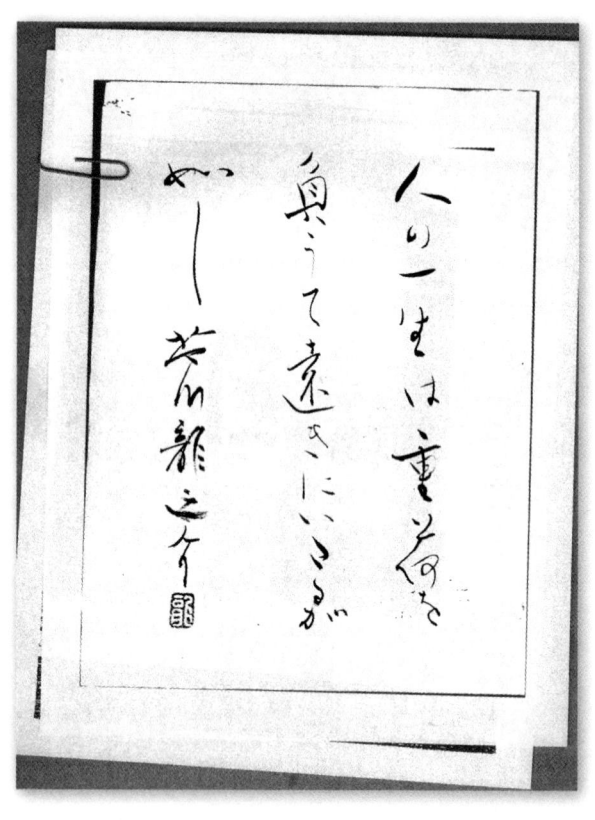

芥川龙之介书法，语出日本战国三杰之一德川家康遗言：

人的一生犹如负重远行。

追忆
ついおく

一　尘埃

我的记忆始于虚岁四岁的时候,虽然这样说,但并不是什么重要的记忆。所记得的情形,只是一个叫阿广的木匠站在梯子上,用铁锤敲打着天花板,尘埃从天花板"啪、啪"地掉下来。

这是拆除从前江户时代祖父和父亲住过的旧屋的情景,在我虚岁四岁那年的秋天,我们住进了新家。也就是说,拆除旧屋是在那年的春天了。

二　牌位

在我家的佛坛上,祖父祖母和叔父的牌位前有一块大牌位,那是天保某年去世的曾祖父曾祖母的牌位。自我懂事时起，就觉得这个金箔的黑牌位近乎恐怖。

据我后来听说的情况，尽管曾祖父担任奥坊主[1]，却把两个女儿都卖到了妓院。不仅如此，曾祖母还曾因曾祖父一再夜不归宿，在家里没有柴火时，用劈柴刀将檐廊劈坏当柴烧。

三　庭院树木

我新家的庭院里，种植了冬青、香榧、厚皮香、半枫荷、蜡梅、八角金盘、五叶松等。在这些树木中，我尤其喜欢一株蜡梅，不知为何唯独觉得五叶松很可怕。

四　"阿彻"

在我家里，除了照看孩子的人，有一位叫阿彻的女佣。因为她后来变成了木匠阿源的妻子，所以得了个"源彻"的绰号。

似乎是一月或者二月的一个晚上（我虚岁五岁），"源彻"被地震惊醒了，看来她似乎失去了辨别前后的能力，竟提着枕边的灯笼，从起居室跑到了客厅。我记得当时客厅的榻榻米上沾上了油污，还记得半夜的庭院里积了雪。

---

[1] 奥坊主，日本江户幕府官职名，管理江户城内的茶室。

五　猫的魂

阿彻嫁给阿源之后，仍不时来我家玩。我记得那阵子阿彻讲过这样的怪谈——某日下午，阿彻正手撑着下巴，对着方火盆打瞌睡，处于半睡半醒之间。这时，一个小火球开始绕着阿彻的脸飞。阿彻猛地惊醒了，火球那时当然已经消失无踪。但是，阿彻相信，那一定是四五天前死的家猫的灵魂来玩了。

六　绘图读物

我家的书箱里塞满了草双纸[①]。我自懂事起，就喜欢这些绘图读物，尤其喜欢由《西游记》改写的《金毗罗利生记》。《金毗罗利生记》的主人公也许是留在我记忆中的第一个作品中的人物，那是名为"裂岩之神"的大天狗[②]，头戴小布巾，身披麻衣，眼神可怖。

---

① 草双纸，日本江户时代中期兴起的以插画为主的通俗读物。
② 大天狗，一种妖怪，以修验道行者的打扮出现，持金刚杖、长刀、羽毛团扇，据说神通广大。

七 "狸[①]大人"

在我家,自祖父一代起就供奉"狸大人",那是一对搁在红布垫上的狸土偶。我觉得"狸大人"有点可怕。似乎父母也不知道为何要供奉"狸大人",但是仍旧要在我家晦暗的储藏室一角的架子上安放"狸大人"的宫室,夜晚必定会在宫前点上一支小小的蜡烛。

八 兰

我时不时在庭院里走动,学父亲的样子拔除杂草。实际上庭院只有低湿的泥地易生各种草。我有时候在冬青树下找到一根细细的草,马上就拔掉了。父亲知道我的作为,一再向母亲发牢骚说:"难得的兰给拔掉了!"不过,我不记得曾因此而挨训斥。无论在哪,石头之间都种着一两株兰。

[①] 狸,实为日本貉,常在日本民间传说中登场。

九　梦游

那时候，我也和现在一样，是个体弱的孩子。尤其是一旦便秘，身体必定要抽搐。留在我记忆中的最后一次抽搐，是在九岁的时候。我因为发烧了，就躺在床上，望着伯母扎头发，就在这时不知不觉抽搐了起来：我走在寂寞的海边，海边还有一个女人，比起像人也许更像妖怪，她裹上腰巾，合掌正要投水。那似乎是绘图读物《妙妙车》里的一幅插图。这个似梦非梦的情景我至今仍记得清清楚楚，回过神来时的情况却不记得了。

十　"鹤妈"

我最亲近的，是阿彻之后来的阿鹤。似乎从那时起，我家经济状况变坏了，女佣也仅有阿鹤一个。我将阿鹤称为"鹤妈"。"鹤妈"比起平常女子更富于浪漫气息。据我母亲说，她看见演唱法界节[①]的两三人头戴斗笠走过，就问："他们是要复仇吗？"

[①] 法界节，日本明治时代开始流行的一种民谣，常以月琴伴奏，由头戴斗笠、身着白袴的男子在街上边走边唱。

十一　邮箱

在我家门边,安装了一个邮箱。母亲或伯母一到日暮时分,就轮番走到门边,从这个小小的邮箱口窥看往来的人。到了明治三十二、三年①前后,女子仍留有一点类似封建时代的心情吧。我仍记得这种时候母亲说的"哎,已经到了雀色黄昏的时候"。那时候我也喜欢"雀色黄昏的时候"这种说法。

十二　灸

每当我干了什么淘气事情,伯母就一定会按住我,在小脚趾上做灸治。我最害怕的,与其说是灸时的热烫,毋宁说是要被灸治时的声势。我一边手舞足蹈挣扎,一边大喊:"咔嚓咔嚓山哇!呼呼山哇!"②这喊法当然就是从点火灸治自然联想到的吧。

---

① 明治三十二、三年,即1899、1900年。
② 《咔嚓咔嚓山》是一则日本童话故事,故事中一只狸猫打死了老奶奶,兔子对狸猫进行报复。兔子请狸猫一起上山砍柴,回来的路上用打火石"咔嚓咔嚓"点燃了狸猫背着的柴草。狸猫听到后问:"那是什么声音?"兔子说:"对面的山是咔嚓咔嚓山。"柴草"呼呼"燃烧起来的时候,狸猫又问:"那是什么声音?"兔子说:"那边的山是呼呼山。"

十三　野鸡标本

来我家的人中，有一位是"市女士"，她是代地[1]或哪里的柳派[2]"五轮"的老板娘。我从这位"市女士"处得到了各种各样的小人书和玩具。其中最让我欢喜的，是一只大野鸡标本。

记得我小学毕业时，把那只尾毛快要断的野鸡捐赠了出去，但并不确定。至今仍奇怪的是得到野鸡标本时，父亲对我说的话："从前，住在我家旁边的××××（记不起这个名字了）说过，正好元旦那天，他曾看见一只白凤凰在黎明的天空飞过，飞到中洲那边。他是最能胡扯的了。"

十四　幽灵

我进小学那阵子，听说了各种各样的怪谈。有说某处的长谣曲女师傅被丈夫的怨灵附身了，有说这里的泥水工被妻子的幽灵谴责了。而讲给我听的，是我祖父一代做女佣的老婆婆，叫"阿哲婆"。我因为这些故事的缘故，分不清梦境还是现实，颇受各种各样的幽灵侵袭，而且那些幽灵大都长着"阿哲婆"的面孔。

---

[1] 代地，日本地名，位于东京台东区藏前。
[2] 柳派，日本类似于单口相声的传统曲艺形式落语的一个派别。

十五　马车

我进小学之前,有一位老爷爷牵着一头驴拉的小马车,车上载着小孩,在镇上转圈。我希望坐上这辆小马车,走过竹仓等地方。但是,照看我的"鹤妈"不知何故不允许,也许觉得只有我坐在车上会有危险。可是,打一面小蓝旗、只比玩具大一点点的马车一点点走的样子,在小孩子眼中十分时髦。

十六　卖水的人

那阵子本所①又用起井水来了,但饮用水要特别去买。卖水的红脸老爷爷将水桶的水倾倒进水缸的身影,现在仍历历在目。说来这位"卖水人"也是出现于我梦境和现实之间的幽灵中的一人。

十七　幼儿园

我开始上幼儿园了。幼儿园是著名的回向院旁江东小学

---

① 本所,日本地名,位于东京墨田区。

的附属幼儿园。这所幼儿园的庭园一角有一棵大银杏树，记得我总是捡拾树的落叶夹在书里头。还记得我喜欢上了一名圆脸的女生，不可思议的是，时至今日想来，为什么会喜欢上她，连我自己也不清楚。但是，那人的面容和姓名，至今仍留在我的记忆里。我终于在去年秋天偶遇了幼儿园时的朋友，聊起了这件事，最后我说："对方不知道记不记得？"

"这种事情，她不记得了吧？"

我听了这话，略感寂寞。那个女生经常穿着不合身的长袖和服，上面是胡枝子和芒草上散布着露珠的图案。

十八　相扑

因为玩相扑是当地风气，所以许多相关人士住在附近。现在我家房后的对面，就是老年峰岸的家。我读小学的时候，正好是常陆山和梅谷处于巅峰的时代。我记得，荒岩龟之助因为击败了常陆山，被人称誉一时。不局限于一位荒岩，国见山也好，逆锋也好，所有那些与多色版浮世绘相似、十分男子汉的相扑手，我都偏爱。但是，相扑这事儿容易使我莫名地感到不快，那也许源于我较一般人更弱的体质吧。也可能是因为平时所见的相扑手，都是像扎稻草一样捆扎头发的新手，身上贴着相扑膏。

十九　宇治紫山

我家人跟一位叫宇治紫山的人学习一中节①。此人似乎因为嗜酒风流，把藏前米商的身家花个精光。我记得这位师傅坏在酒上头的事。还记得他即便租住小小的房子，也会在两三坪的院子里安排花匠，冬天的时候，在结果实的绿树下铺上干枯的松针。

这位师傅长寿。据说他晚年去买味噌，在雪后的路上摔了跤，好不容易回到家时，说道："好在这兜裆布是新的！"

二十　学问

我从读小学起，就跟这位师傅的独生子学习英语、汉文和习字，但每一项都没有进步，也就记得英语T、D的发音而已。尽管如此，一到晚上，我就带上英文《国民读本》和《日本外史》，兴冲冲前往相生町二丁目的师傅家。"It is a dog"——《国民读本》第一行，大概就是这样的句子吧。但是，比这些更加清晰地留在我记忆里的，是师傅不知因何说的一句话："这年头，谁都打扮得很山水（寒酸之意）啊。"

---

① 一中节，为日本民间传统曲艺净琉璃木偶戏的流派之一，由京都都太夫一中创立。

二十一　电影

我头一次看电影,是五六岁的时候吧。我大概是跟父亲一起去了观赏稀罕东西的大川旁边的二州楼。电影不像现在是放映在大幕上,至少画面的大小,充其量就是六尺乘四尺左右,电影的故事也不像今天这么复杂。在那个晚上的电影里,我记得的画面是一名男子在钓鱼,因为一条大鱼上钩了,他被鱼扯着倒栽进水中。那名男子头戴草帽,手拿长长的钓竿,身后柳条和芦苇拂动。我觉得他的面孔像纳尔逊[①],但没准我的记忆是错的。

二十二　纳凉焰火

仍是在二州楼的看台观看纳凉焰火的时候。大川河上挤着无数船只,船上悬挂着纸糊小红灯笼。这时,大川河上传来了什么东西崩塌的声音。我身边的观众开始纷纷传言,有人说是龟清的看台塌了,有人说是中村楼的看台塌了。但事实是两国桥的木桥栏杆断了,许多人跌落发出的巨响。我记得似乎后来看过关于这一意外事故的幻灯片。

[①] 纳尔逊,即霍雷肖·纳尔逊(1758—1805),英国风帆战舰时代的海军将领、军事家。

二十三　英国木偶剧团

我在当时的回向院范围内，看过种种杂耍。搭载气球，耍大蛇，扮鬼头，某某西洋人从非常高的杆顶翻跟斗跃下——一一数来没个完。但最有趣的，是英国木偶剧团的木偶剧。其中好玩的是两名滑稽的洋人无赖汉住在怪物屋的场面，他们中的一个总是称对方为"卡里夫拉"。直至今日，我一吃花菜，必定想起这位"卡里夫拉"。①

二十四　中洲

当时的中洲名副其实，是芦苇茂盛的三角洲。我记得在芦苇丛中见过流水祭奠②或马的骸骨，感到毛骨悚然。还记得被小学学长问"这叫'阿斯'还是'哟斯'"而不知所措。③

---

① 花菜的日语发音近于"卡里夫拉"。
② 流水祭奠，日本祭奠因分娩致死的女子或溺水身亡者的魂灵的风俗。将写有经文的薄木片放进海或河中，使其顺流漂走。
③ 日语"芦苇"的发音是"阿斯"，因其与日语"恶"同音，通常以"哟斯"（善）称之。

二十五　寿座[1]

在本所[2]建寿座，也是在那个时候。某日的黄昏时刻，我正和某小学学长眺望着元町大道。这时，好几辆载着白铁皮波纹板的货车驶过。

"这些车子去哪里？"

学长这样问道。但我也猜不到它们去哪里。

"寿座！那，货车载的是？"

我这回来劲了："是马口铁！"

但是，这回应只引来学长的冷笑：

"马口铁？那玩意儿叫白铁皮嘛。"

记得我因为这番对答而奇怪地垂头丧气。据说那位学长初中毕业之后，不久便得了肺炎去世了。

二十六　小霸王

我上幼儿园之后，几乎没有受过欺凌，不过，倒时不时被本间的小德弄哭，但那是打了架才哭的。我记得，每三回

---

[1] 寿座，1898年在东京绿町二丁目开演的小剧场，后来更名为寿剧场。它曾是许多著名演员的训练场和老百姓的娱乐场所，于1945年2月关闭，同年3月10日因战争在大火中损毁。

[2] 本所，位于日本东京都墨田区。

中便有一回我也弄哭他。小德好像是总武铁道社长的次子，是个不服输的孩子王。

但是，一上小学，我很快就遇上了社会上常见的"小霸王"。"小霸王"是杉浦誉四郎，因为他跟我同桌，他时不时就找借口招我。加上在他家门前走过时，他就出动那条像狼的狗（今天想来，应该是叫Greyhound①的狗吧）来追我。我记得曾被这条狗追着跑，逃进了一间卖榻榻米的店。

现在我随意地想着"小霸王"的心理，那是一种呈现在少年身上的萨德②型性欲吗？杉浦是我们班上最白皙的男孩，不仅如此，他还是某著名富豪的妾生子。

二十七　画

我上幼儿园的时候，打算成为一名海军军官。但念小学之后，不知何时起志向变成了当画家。我的姑姑嫁给了狩野胜玉③，他是芳崖④的师弟，我的伯父也跟前法官雨谷学习南

---

① Greyhound，格力犬，原产于中东地区，是一种用于打猎和竞赛的犬类。
② 萨德（1740—1814），法国贵族，色情和哲学书籍作者。他描写的色情幻想曾导致社会丑闻。
③ 狩野胜玉（1840—1891），日本宗族画派狩野派传人，画家。
④ 芳崖，即狩野芳崖（1828—1888），日本宗族画派狩野派传人，画家，被誉为"近代日本画之父"。

画。但是，我想成为一名画拿破仑肖像或者狮子的西洋画家。

我当时收集的西洋名画照片，时至今日仍留有几张。近日我顺带就看了一眼这些照片，其中一张是威士忌公司的广告，画面是一位金发美人站在树下。

二十八　游泳

我学游泳是在日本游泳协会。常跑游泳协会的作家不止我一个，永井荷风[①]和谷崎润一郎[②]应该也去了。当时，游泳协会也从芦苇茂盛的中洲搬到了安田大宅前，我跟两三名同班的朋友去那里。清水昌彦也是其中一人。

"我以为谁也不会知道，就在水里拉了屁屁，结果屁屁马上就浮了上来，吓我一跳。原来屁屁比水轻呀。"

说这番话的清水也在成为海军军官之后，于前年（1924）春天故去了。我记得在那两三周之前，从异地的三岛来了清水的信。

"我想，这是我给你的最后一封信了。我在喉头结核之外，还并发肠结核。妻子和我患同样的病，已先我而

[①] 永井荷风（1879—1959），原名壮吉，别号断肠亭主人、石南居士等，日本小说家、散文家，唯美派文学代表人物。
[②] 谷崎润一郎（1886—1965），日本小说家，唯美派文学代表人物，曾七次被提名诺贝尔文学奖。

去。之后就只留下五岁的女儿一个人了……在此致以生前的问候。"

我执笔回信，想到春寒的三岛海，写下了俳句[1]。现在已经不记得这首俳句了，但是，时至今日仍清晰地记得给他鼓劲说"即便是喉头结核也不应绝望"等。

二十九　体罚

念小学那阵子，遭受体罚也绝非稀罕事情。不过并不是扇嘴巴子的程度，只是或揪住前襟推搡，或推跌在地上。有一次我在挨打之后，还要举着习字的纸站立半个小时。这种时候，挨打并不觉得特别疼。但是，在一大帮学生面前罚站，实在很憋闷。我不知何时听了意大利的法西斯党给社会主义者灌蓖麻籽油、令人腹泻的事，随即回想起自己在脏兮兮的长凳上罚站的身影。不仅如此，还想到法西斯的刑罚对当事人真是出乎意料的残酷。

---

[1] 俳句，由五、七、五共十七音组成的日本定型短诗，由俳谐的发句（即首句）演变而来。明治时代，日本诗人正冈子规把俳谐的发句独立命名为俳句，形成新派俳句。

三十　洪水

我也屡屡遭遇洪水，但所幸哪次洪水都没高过地板。记得我妈和伯母在泥水中竖一把两尺长的尺子，嚷嚷着涨一分啦，涨两分啦。还有，记得夜里醒来，某处的火警钟不停地敲响。

三十一　答案

大概小学二三年级的时候，我们的老师往我们桌上派发了草稿纸，说"在纸上写下'可爱的东西'和'美丽的东西'"。我把大象算作"感觉可爱的东西"，把云彩算作"感觉美丽的东西"。那对我是真实的，但很不巧，老师不喜欢我的答案。

"云有啥好看的？大象不就是块头大吗？"

老师这样说道，在我的答案上打了个 ×。

三十二　加藤清正[①]

加藤清正居住在相生町二丁目的横巷，当然，他不是

[①] 日本战国时期有位名将叫加藤清正（1562—1611），他追随战国三杰之一的丰臣秀吉。

铠甲武士，而是一个小小的桶匠。但是，看房主的名牌，绝对是加藤清正。不仅如此，还有新的字号帘的图案，也是蛇眼。我们时不时跑去这家店，窥探老板清正。清正长着短短的络腮胡子，使着锤子或刨子。然而，我们都觉得他挺高深莫测的。

三十三　七大怪事

那时候，家家户户都用煤油灯。也就是说，所有街区都是昏暗的。虽说是明治时代了，但这样的城市还没跟"本所七大怪事"彻底绝缘。记得我夜间学习归来走在元町大道，听见竹仓的竹林对面有神社祭礼乐。那也许是在石原或者横纲举行祭祀的伴奏。但是，我以为没准是传说中二百年来狸夜间敲打肚皮学祭祀伴奏呢，于是我加快脚步走，尽快回家。

三十四　动员令

我夜间学习归来，照例要走过本所警署前面。警署前面与以往不同，高高挂起一对点燃的灯笼。我觉得奇怪，对父母说了这件事,但谁也不以为怪。因为我出门期间,家里就收到了"发布动员令"的号外。我当然记得有关日俄战争的种种小事件,但印象鲜明的莫过于这一对高挂的灯笼。不,时至今日我每次看见高挂的灯笼,首先想到的是战争,而不是婚礼之类的事情。

三十五　久井田卯之助

"久井田"几个字也许是错的,我只是把他称为"久井田先生"。他是我出生的家那边的一个派送牛奶的人,同时是一个今天已经为数不多的社会主义者。这位久井田先生告诉我社会主义的信条,不知是幸还是不幸,这些东西没有渗入我的血肉。而我对日俄战争中的反战论者不抱恶意,的确是久井田先生的影响。

久井田先生五六年前突然来访,我跟他以大人的方式谈论社会主义仅此一次。(之后不到几个月,他冻死在天城山的雪中。)但是,与谈论社会主义相比,我对他的狱中生活更感兴趣。

"在夏目先生①的《行人》里,有个地方写一男一女去了

---

① 夏目先生,指夏目漱石(1867—1916),日本小说家,日本近代文学的代表人物之一,被称为"国民大作家"。芥川曾在其门下学习。

和歌之浦,他们没心思吃饭,把饭菜撤下了吧?我在牢里读到这里,感觉太可惜了。"

他露出亲切的笑容,也说到这样的事。

三十六　火花

也是一个雨后的黄昏,我遇上一队步兵通过石子马车道。步兵们肩上扛枪,默默行进,他们的靴子踩踏石子时,不时迸出火花。这微弱的火花让我感觉到某种悲壮的心情。

之后过了几年,我阅读白柳秀湖[①]的小品集《离愁》,发现他也写到了从步兵靴子迸出的火花。(告诉我白柳秀湖或上司小剑[②]名字的,也许是久井田先生。)对于还是一名初中生的我来说,也许是因为自己也曾目睹吧,所以感铭殊深。从这篇文章起,我读起了他的书,不知不觉就记住了俄罗斯作家的名字,尤其是屠格涅夫。这些小品集不知去了哪里,现在在书店看不到了。但我时至今日仍爱惜他的文章,尤其是笼罩东京天空的"鸢色的霭"等词句。

[①] 白柳秀湖(1884—1950),日本小说家、社会评论家,《离愁》为其最早出版的作品。
[②] 上司小剑(1874—1947),日本小说家。

三十七　日本海海战

我们都相信日本海海战的胜败是日本的头等大事。但是，即便出了号外说"今日晴朗，浪高"，也难以明白胜败。于是，在一天中午的午饭时间，我班的老师手持号外冲进教室，喊道："哎，大家欢呼吧！大获全胜啦！"此时我们的感激，真是发自国民的内心。初中毕业前，我阅读国木田独步①的作品，发现了一篇叫《电报》的短篇小说，就是描写这种感激的。

升起"皇国兴废在此一举"的信号旗，恐怕是比任何战争文学都更具诗意吧。但是，十年之后，我在海军机关学校理发，理发师是当时日俄战争时期"朝日"舰上的水兵，就聊起了日本海海战。于是他笑也没笑，极自然地说道：

"嘿，那信号旗一直挂着啊。可号外上说，只是日本海海战时才挂的。"

三十八　柔道

我在初中学校学习柔道。我还到浜町河岸的大竹道场去参加冬季训练。我不记得初中学习的柔道是什么流派了，不

---

① 国木田独步（1871—1908），日本诗人、小说家、散文家，代表作《武藏野》展现了对自然风物的喜爱。

过,大竹的柔道应该是天真扬心流。我记得参加初中的比赛时,手刚摸到对方的训练服,马上被摔了一个漂亮的仰卧倒蹬腹摔,坐在对面等候的学生面前。我当时的柔道同伴就只有西川英次郎一个,西川现在在鸟取的农林学校当教授。我之后也接触过几位被称为"杰出人才"的人,但最先让我吃惊的"杰出人才"是西川。

三十九　西川英次郎

西川的外号是"狮子",那是因为他的脸看起来有点像狮子。我与他同班,所以也受到不少启发。我初中四年级或五年级时啃读英译的《猎人笔记》《萨福①》之类,没有西川是做不到的吧。但我没能回馈西川任何东西,如果要说回馈,就是来了个提摔,弄哭了他而已。

在暑假这些时候,我还跟西川一起旅行。西川比我要宽裕,但我们即便是长途旅行,旅费也没超过二十元。我跟西川一起,在丹波山的寒村过夜,这里靠近中里介山②写的"大菩萨岭"。记得我们住的一等房付的房租是三十五钱,但

---

① 萨福(约前630—约前560),古希腊第一位女诗人,独创的"萨福体"推动了抒情诗的发展,被柏拉图誉为"第十位缪斯"。
② 中里介山(1885—1944),日本小说家,有长篇小说代表作《大菩萨岭》,受到同时代作家的赞赏。

屋里干净，还提供饭食和煎鸡蛋。

大概是登上残雪仍深的赤城山时吧，西川一边弓身走路，一边突然对我说：

"假如你父母去世，会觉得悲伤吗？"

我想了一下之后，回答说："我觉得会悲伤。"

"我不觉得悲伤。你打算搞创作的，也许有必要知道存在这种人。"

但那个节点上，我还没有树立成为一个作家的志向。到现在我还不明白他为什么跟我说那些话。

四十　用功学习

初中时代，我从不复习，但常常在考试前努力。在考试当天，每个学生即便身在运动场，也都在读书。每次见到这种情况，我就后悔不安："我也再努力点就好了。"可一出考场，我就全忘记了。

四十一　钱

我得到一元钱去书店买书，不知为何从没有买过一元的书。但是，我只要花掉一元，肯定能买到想要的书。我经常是拿着七十钱或八十钱的书回来，却为买了那本书而后悔。当然也不只是书的事，在心里头，我感觉到下层的中产阶级身份。在今天，下层的中产阶级的子弟，每每买东西时，还是手里头有一元，却为把一元全花出去而迟疑再三吗？

四十二　虚荣心

一个接近冬天的黄昏，我走在元町大道，突然感到街上的人全不在乎我，同时还感觉到奇怪的寂寞。但是，我没有特别感觉到自己产生出"等着瞧吧！"的勇气。淡蓝色的天空澄澈如洗，有几颗星星在闪烁。我望着星星，尽可能大摇大摆地走过去。

四十三　非实弹演习

到了秋天，我们的初中学校不但举行非实弹演习，还参加东京某联队的机动演习。体操教官——某陆军大尉总是对我们一脸严肃，但到了实际的机动演习，却时不时发出错误的命令，被上司大声训斥。记得我总是很同情这位教官。

四十四　外号

所有的东京初中生都给老师起外号,这是最为刻薄的真实情况。今天很不巧,我把那些外号都忘了。四五年前,我表妹的一个孩子来我家玩的时候,说起某初中的老师"嘛放为什么……"。我当然问了"嘛放"是什么。

"啥也不是嘛。只是看着老师的脸,就有'嘛放'的感觉而已。"

之后没多久,我跟这名初中生搭电车,很偶然地领略了那位老师的风采。这一来,我果然未能用文字传达真实所见。也就是说,他的脸正是其外号"嘛放"。

大正十五年(1926)三月至昭和二年(1927)一月

肉骨茶

——寿陵余子[①] 戏作

こっとうかん

[①] 寿陵余子,为作者化名。

别样乾坤

朱迪特·戈蒂埃[①]诗中的中国,既是中国又不是中国。葛饰北斋的《水浒画传》,也没有人说它如实描画了中国。那么,那位明眸的女诗人也好,这位短发的老画家也好,在他们无声的诗和有声的画里模糊地呈现的所谓中国,也许应称之为他们在白日梦里尽情作逍遥游的别样乾坤吧?人生幸亏有这个别样乾坤。又有谁会和小泉八云[②]一起叹息天风海涛沧浪处,那一去不返的蓬莱之海市蜃楼?(一月二十二日)

[①] 朱迪特·戈蒂埃(1845—1917),法国女诗人、小说家、汉学家,自幼学习汉语,曾有汉诗译集《白玉诗书》。
[②] 小泉八云(1850—1904),爱尔兰裔日本作家,原名拉夫卡迪奥·赫恩,1896年入籍日本,从妻姓小泉,改名八云,现代怪谈文学鼻祖。

轻薄

元代李衎①见文湖州②画竹数十幅，悉不满意。读东坡、山谷③等人的评论又认为，其至交好友的说法有私心。后来偶遇友人王子庆，聊起文湖州画竹。子庆曰："只因为君迄今未见过真迹。敝府史藏本甚真，明日我借来给您看。"翌日即见之，感觉如坐于渭川淇水间：风枝抹疏拂塞烟，露叶萧索带清霜。李衎感叹不已，颇以闻见之寡陋为耻。如李衎者固然是可恕的。有人看了照片版的塞尚就喋喋不休，奢谈色彩，论者之轻薄应予唾弃。须戒之。（一月二十三日）

俗汉

巴尔扎克下葬于拉雪兹公墓④，棺侧侍立者有内相巴洛

---

① 李衎（1245—1320），字仲宾，号息斋道人，晚年号醉车先生，元代画家，擅长画墨竹，著有《竹谱详录》一书。
② 文湖州，即文同（1018—1079），字与可，号笑笑先生，曾任湖州知州，未到任而卒，人称文湖州。北宋诗人、书画家，常与表弟苏轼诗词往来，尤擅画竹，有"胸有成竹"的典故，创湖州竹派。
③ 山谷，即黄庭坚（1045—1105），字鲁直，号涪翁、山谷道人等，北宋文学家、书法家，创江西诗派，与苏轼并称"苏黄"。
④ 拉雪兹公墓，是法国巴黎市区内面积最大的公墓，也是世界上最著名的墓地之一。

茨。送葬途中，他回顾同于棺侧的雨果，问道："巴尔扎克先生是有才华之士吧？"雨果答道："天才也。"巴洛茨对他的回答很愤怒，对旁人窃窃私语道："这位雨果先生比听说的还要疯狂。"法国的内阁大员也这般俗汉，日东帝国[①]的大臣诸公意可安矣。（一月二十四日）

同性恋

　　爱道林·格雷[②]的人不可不读 *Escal Vigor*[③]。男子爱男子之情，没有像这本书这样无遗憾地描写的了。书中这些地方若翻译，无疑有不少文字触犯我当局忌讳。该书出版时惹起著名的诉讼事件，也多是被这样的艳冶文笔所累。作者乔治·埃克豪特乃近代比利时大文豪，其名声未必在卡米尔·莱蒙尼尔[④]之下。然而日本文坛虽人才济济，却尚未对此人的等身著述有一句话加以介绍。文艺岂止北欧天地才有北极光的盛况？（一月二十五日）

[①] 日东帝国，指日本。
[②] 道林·格雷，英国作家奥斯卡·王尔德（1854—1900）小说《道林·格雷的画像》的主人公。
[③] *Escal Vigor*，比利时 1900 年出版的早期同性恋主题小说。
[④] 卡米尔·莱蒙尼尔（1844—1913），比利时作家，多以法语写作。

同人杂志

年轻子弟集资出版同人杂志一事，可算是当今时髦之一。然而在今天，纸价印费等统共加起来，并不便宜，苦于经营者亦不少。据闻，当日《法兰西信使》①面世时，文坛怀才不遇之士本身不富裕，无奈只好以一股六十法郎的债券向同人征募，就连唯一大股东吉尤尔·卢纳阿尔持股也不过仅仅四股。而且其同人之中，如阿尔贝·萨曼②、雷·德·古尔蒙③，多为一代才子。虽说是当世流行之同人杂志，资金不甚润泽的遗憾，却是毫无理由相似。难得的是一打英雄汉，在当年的《法兰西信使》上竖起了象征主义大旗。（一月二十六日）

雅号

日本作家今多不用雅号。文坛新人旧人之分，殆以有无雅号足矣。然而之前有雅号，后弃用者也不少。雅号之薄命

---

① 《法兰西信使》，法国最具权威的文学刊物之一，前身为创办于1672年的《信使报》。
② 阿尔贝·萨曼（1858—1900），法国象征主义诗人，有诗集《在公主的花园》。
③ 雷·德·古尔蒙（1858—1915），诗人、小说家，法国后期象征主义诗坛领袖，去世后葬于拉雪兹公墓。

亦甚矣。俄罗斯作家有个叫莱蒙托夫①的人。我记得他与契诃夫短篇小说《蝗虫》的主人公同名，"莱蒙托夫"是否借其名作雅号？若得博览之士示教，幸甚。（一月二十八日）

青楼

　　法语中的妓楼叫"la maison verte"，据说是龚古尔②创造的词儿，是综合青楼美人之名译出。龚古尔在日记中这样说道："这一年（1882）我为收集病态的日本美术品所耗费金额实达三千法郎。这就是我的全部收入，甚至没有剩下四十法郎买怀表。"又云："数日以来（1876），赴日本之念难以抑制。然而这趟旅行只为满足我平日的收集癖。我的梦想是撰写一卷著述，题为'日本的一年'，日记体裁。较之叙述更重情调。这样的话，将是无以类比的好文字。只是我之老年将如何？"爱日本的版画，爱日本的古玩，更加怜惜日本的菊花。想起孤寂的龚古尔，青楼一语虽短，却有无限情味。（一月二十九日）

---

① 莱蒙托夫，即米哈伊尔·尤里耶维奇·莱蒙托夫（1814—1841），俄国诗人，被视为普希金的后继者。
② 龚古尔，此处指龚古尔兄弟中的爱德蒙·德·龚古尔（1822—1896），法国自然主义小说家、历史学家，他在遗嘱中提出设立龚古尔文学奖。

语言

语言原就多端。曰山,曰岳,曰峰,曰峦。若使用同义的异字,偶然可得隐微的寓意。把吃得多叫作"大松",把多嘴的人叫作"左兵卫次"。听者若非江户人,当面挨了骂也没感觉。试想,若借用《金瓶梅》《肉蒲团》里的语汇作一篇小说,如"品箫",如"后庭花",如"倒浇烛",能看破其中淫亵、伤风败俗的审阅官员能有几人呢?(一月三十一日)

误译

德·昆西[1]自作聪明,尝试批评卡莱尔[2]德文翻译中的误译。然而"切尔西的哲人"遭遇这位后进鬼才,反而情意甚笃。德·昆西亦复对其襟怀钦服,与之结下百年心交。卡莱尔如何误译不知道。我所知误译最滑稽的,是将圣母像(Madonna)翻译成"太太"。译者以为把守乐园大门的仆人不是天使么?(二月一日)

---

[1] 德·昆西,即托马斯·德·昆西(1785—1859),英国散文家、评论家,英语文体的大师。
[2] 卡莱尔(1795—1881),英国哲学家、评论家、历史学家,持英雄史观,其作品在维多利亚时代极具影响力。

戏称

往年久米正雄①称萧（伯纳）为"笑迂"（shaou），称易卜生为"熏仙"（ibusen），称梅特林克为"瞑照磷火"（meterurinka），称契诃夫为"智慧丰富"（chiehofu）。称之为"戏称"可乎？《二人比丘尼》的作者铃木正三②贬斥耶稣教的书题为"破鬼理死端"（hakirisitan），可作为恶意戏称之一例。（二月二日）

俳句

尾崎红叶③的俳句未体现古人灵妙之机，其"谈林调"亦非唯一原因。看这人的文章，未见"楚楚落墨即成松"之妙。优点在于精整缜密，描写石头，不忘点缀一细草。不擅俳句岂非当然？牛门④秀才泉镜花⑤的诗品远在师翁之

---

① 久米正雄（1891—1952），日本小说家、剧作家，芥川密友，曾与芥川一起投入夏目漱石门下。
② 铃木正三（1579—1655），号石平老人，日本禅师，提倡将禅宗与武士道精神结合。
③ 尾崎红叶（1867—1903），日本小说家、散文家，以文笔华丽著称。
④ 牛门，当时日本文坛各成党派，牛门指尾崎红叶和他的弟子们。
⑤ 泉镜花（1873—1939），原名镜太郎，日本小说家，笔名"镜花"为老师尾崎红叶所赠。

上，不外此理。无论如何，斋藤绿雨[1]隐藏起纵横之才，俳句作品于是与沿门戬黑[2]之辈不分高下，也属不可思议。（二月四日）

行道松树

我在报纸上读到过，东海道的行道松树要被砍伐的理由。原本为了修路，这大都是不得已的，但念及因此千百棵百尺枯龙要蒙受斧钺之灾，真是太可惜了。克洛代尔[3]来日本时，曾见此东海道行道松树，为之作文一篇，描绘瘦盖含烟、危根倒石之状，灵采奕奕。如今此行道松树将亡矣。克洛代尔若闻知，或不禁长叹息：黄面竖子，未沐王化也。（二月五日）

---

[1] 斋藤绿雨（1867—1904），日本小说家、评论家，写有名句"信义有两种，保守秘密和保持正直，不能两全"。
[2] 沿门戬黑，意即不得其门，摸不到门。
[3] 克洛代尔，即保罗·克洛代尔（1868—1955），法国诗人、剧作家、外交官，其作品带有浓厚的宗教色彩，曾任驻日大使。

日本

　　戈蒂埃这位姑娘的中国说过了。埃雷迪亚[①]的日本也别有乾坤。美人帘内弹琵琶，等候铁甲勇士到来。此情此景原非日本不可。(le samourai[②])然其绢之白和漆之金所装扮的世界，反而只是缥缈的帕那斯派的梦幻境界。而且若在地图上寻找埃雷迪亚的梦幻境界所在，它恐怕是接近法国而远离日本吧。即使是歌德笔下之希腊，奈何特洛伊之战的勇士嘴角上，一抹慕尼黑啤酒的泡沫也至今未消。可叹的是，就连想象中，都存在国籍。（二月六日）

大雅[③]

　　虽说东海画家众多，却不像九霞山樵那样能成大器。然而，就连大雅也在年届三十之时，由于担心技艺进展不如意，向衹南海[④]请教。血性过于大雅者，若进步缓慢，怎能

[①] 埃雷迪亚，即何塞·玛丽亚·德·埃雷迪亚（1842—1905），出生于古巴的法国诗人，一生创作了118首十四行诗。
[②] le samourai，日本封建时代的武士。
[③] 大雅，即池大雅（1723—1767），号九霞山樵、霞樵、大雅堂等，日本江户时代中期文人画家。
[④] 衹南海，即衹园南海（1676—1751），日本江户时代中期的汉诗人、文人画家，日本文人画的先驱。

不着急呢？唯值得一再学习的，就是九霞山樵不误"圣胎长养"良机的功夫。（二月七日）

妖婆

英语中的"魔女"（witch），大多翻译成"妖婆"，但年少貌美的魔女也绝不在少数。梅列日科夫斯基①的《先知》，邓南遮②的《约里奥的女儿》，或者是远不如前两者的科罗弗德③的《布拉格的女巫》，都在描写颜如珠玉的魔女。若要寻找还有许多。但是，在白发苍颜的魔女中，缺少活跃的性格是不可否认的事实吧？且不管司各特④、霍桑⑤，近代英美文学中，描绘"妖婆"的杰作，如吉卜林⑥之《黛娜·沙德的

---

① 梅列日科夫斯基（1866—1941），俄罗斯小说家、评论家，其创作多通过解读历史人物展现宗教哲学思想。
② 邓南遮，即加布里埃尔·邓南遮（1863—1938），意大利诗人、小说家、剧作家，在作品中宣扬唯美主义，有代表作《玫瑰三部曲》。
③ 科罗弗德，即弗朗西斯·玛瑞·科罗弗德（1854—1909），美国小说家，一生创作了四十多部历史或浪漫小说。
④ 司各特，即沃尔特·司各特（1771—1832），英国诗人、历史小说家，英国历史文学鼻祖，有代表作《艾凡赫》。
⑤ 霍桑，即纳撒尼尔·霍桑（1804—1864），美国小说家，美国心理分析小说的开创者，有代表作《红字》。
⑥ 吉卜林，即约瑟夫·鲁德亚德·吉卜林（1865—1936），英国诗人、小说家，出生于印度孟买，代表作《丛林之书》描写了印度原始森林中动物的故事，1907年获诺贝尔文学奖。

求爱》，或可称之为首屈一指吧？在哈代①的小说里，取材于"妖婆"之事的也不少。著名的《绿荫树下》中女主人公伊丽莎白·安达菲尔德也是此类。在日本，山姥鬼婆都不是纯粹的魔女。在中国，那本《夜谭随录》②所载之"夜星子"，略近于妖婆。（二月八日）

柔道

据闻西人每次说起日本，必提及柔道。于是，阿纳托尔·法朗士③在《天使的叛逆》的一章里，有从日本来巴黎的天使漂亮地抱摔法国警察的情节。莫里斯·勒布朗④笔下的侦探小说主人公、侠盗吕潘精通柔道，也是学日本人的。然而，在日本现代小说中，极柔道之妙的主人公，仅有泉镜花先生《芍药之歌》中的桐太郎而已。柔道亦不见容于预言者故乡，不得不叹息。好笑好笑。（二月十日）

---

① 哈代，即托马斯·哈代（1840—1928），英国诗人、小说家，其作品批判现实，有浓厚的悲剧色彩，有代表作《德伯家的苔丝》。
②《夜谭随录》，清代和邦额所著短篇志怪小说集。
③ 阿纳托尔·法朗士（1844—1924），法国小说家、诗人、评论家，被誉为理想的法国文人，有代表作《苔依丝》，1921年获得诺贝尔文学奖。
④ 莫里斯·勒布朗（1864—1941），法国侦探小说家，以塑造怪盗吕潘而闻名。

昨日的风流

赵瓯北①在《吴门杂诗》中说：

看尽烟花细品评，始知佳丽也虚名。
从今不作繁华梦，消领茶烟一缕清。

又，《山塘》诗云：

老入欢场感易增，烟花犹记昔游曾。
酒楼旧日红妆女，已似禅家退院僧。

可以说，一腔诗情几乎令人想起永井荷风。（二月十一日）

发音

爱伦·坡之名在昆汀版（Quantin版）中印刷为Poë，于是以法国为首，各国流行起了Poë（坡耶）的发音。据说我们的英国文学老师、已故的劳伦斯先生，有时也发音为"坡

---

① 赵瓯北，即赵翼（1727—1814），字雲崧，号瓯北，清代史学家、文学家，诗与袁枚、蒋士铨齐名，时称"江右三大家"，有《瓯北诗集》等。

耶"。西人之名发音易误，但是尊崇惠特曼、爱默生等的人甚至把我佛之名读错音调，让人别扭。不可不慎。（二月十三日）

傲岸不逊

一青年作家在某聚会上刚说了"我们文艺之士"，忽被一旁的巴尔扎克打断话头。巴尔扎克说："把你我列为一伍，正是你的无知。我是近代文艺的主将。"据说文坛二三子素有傲岸不逊之讥。然而我至今未见一个类似巴尔扎克之人。不用说，未听闻那二三子著有《人间喜剧》。（二月十五日）

香烟

香烟流行世上，是发现美洲之后的事。据说埃及、阿拉伯、罗马等也有吸烟的风俗，但只是青盲者一流的胡扯。美洲土人之嗜烟，在哥伦布抵达新世界时，已有雪茄、烟丝、鼻嗅烟，从此可知。Tabako[①]其实是植物之名称，变成抽烟丝的烟斗之意，甚为滑稽。然而欧洲白人创新的吸烟方法，

[①] Tabako，日语中烟草的罗马音。

仅仅是研究出轻便的纸卷之烟而已。根据《和汉三才图绘》，南蛮红毛甲比丹[1]最先用船运至日本的，也是这种纸卷之烟，在村田烟管尚未问世之时，我们祖先已经嘴里叼着纸卷之烟，在春日和煦的山口街头，仰望着天主教堂的十字架，对西洋机巧的文明赞不绝口了。（二月二十四日）

《尼古丁夫人》

且不说波德莱尔的烟斗诗，即便翻开《莱拉·尼克蒂亚娜》，西洋诗人之爱吸烟，与东洋诗人之喜沏茶恰成对照。在小说中，巴里[2]的《尼古丁夫人》最为脍炙人口。然而唯有轻松巧妙的文笔，才能博得读者微笑。尼古丁之名，原出自法国人捷安·尼科特。16世纪中叶尼科特大使被派遣到西班牙，得到从佛罗里达传来的烟叶，获悉其疗效，大力加以栽培。据说以至于法国人当时称香烟为"尼可切亚娜"。德·昆西的《瘾君子自白》已经成就佐藤春夫[3]的《指纹》奇文，又有谁在巴里之后出现，写出了远超巴里，如同《哈瓦那的马尼拉》那样的烟草小说呢？（二月二十五日）

---

[1] 甲比丹，葡萄牙语 capito 的假借字，指来到了锁国日本的欧洲船船长。
[2] 巴里，即詹姆斯·巴里（1860—1937），英国小说家、剧作家，有代表作《彼得·潘》。
[3] 佐藤春夫（1892—1964），日本诗人、小说家，曾跟随永井荷风学习。

一字师

唐代任翻①游天台巾子峰，题诗于寺壁云：

绝顶新秋生夜凉，鹤翻松露滴衣裳。
前峰月照一江水，僧在翠微开竹房。

题毕，行数十里，途中觉"一江水"不如"半江水"，立即返回题诗之处，不知何人已将"一"字删去，改为"半"字。任翻不禁长叹道："台州有人。"由是可想古人在诗上用心、惨淡经营的痕迹。在松濑青青②的句集《妻木》之中，有一首俳句"初梦结红纽"（初夢や赤なる纽の結ぼほる），我觉得有一字未妥，"る"应改为"れ"字，可否？不知青青会拜我为"一字师"否？一笑。（二月二十六日）

应酬

雨果于阿布尼乌·蒂洛家中设晚宴。众宾客举杯祝主

---

① 任翻（生卒年不详），唐末诗人，进京考试落第后放浪江湖，吟诗弹琴以自娱。
② 松濑青青（1869—1937），日本杜鹃派的俳句诗人。

人身体健康，雨果回头看看身边的弗郎索瓦·科佩①，说道："现在席上的二位诗人互祝健康，不是挺好吗？"意在为科佩干杯。科佩推辞说："不不，在座仅有一位诗人。"意即堪负诗人盛名的，只有雨果一人。当时《东方吟》的作者忽然面露笑容，答道："只有一位诗人而已呀。好吧，那我该怎么办？"意在翻转科佩的说法，以示自我贬损。方今文坛聚会甚多，例如所谓"僧院之秋"聚会、"三浦制丝场主"聚会、猫之聚会、勺子聚会，未闻有如此言语酬对，极尽圆滑之妙。一旁有人嗤笑道："请自隗始②。"（二月二十七日）

骤雨禅

狩野芳崖常对弟子们说："画之神理，唯当悟得，不在师授。"一日芳崖病卧，恰阵雨袭来，深巷寂，行人绝。师徒一起静听雨声多时，忽一人高歌过门外。芳崖莞尔，顾诸弟子曰："会也。"句下有杀人意：吾家吹毛剑，单于购千金，妖精泣太阴③。君且看一道寒光。（三月三日）

---

① 弗郎索瓦·科佩（1842—1908），法国诗人、小说家，有诗集《圣物集》等。
② 请自隗始，自荐之词，后比喻自愿带头。出自《史记·燕召公世家》："王必欲致士，请从隗始；况贤于隗者，岂远千里哉？"
③ 语出明代高启诗《观军装十咏·其四·刀》："大食购千金，妖精泣太阴。灯前开匣看，无限许君心。"

批评

皮隆①以擅讽刺出名。一文人对他说,要成就前人未曾有过的业绩。皮隆冷冷答道:"太容易了,你为自己编个赞词就行。"据说当代之文坛有党派式评论,有卖笑式评论,有寒暄式评论,有雷同式评论。如同众说纷纭的毁誉褒贬、庸才的自夸一样,一犬吠虚,万犬吠实,未必如皮隆所谓不可做前人未开始的事情。寿陵余子出生于这个时代,即使是皮隆也很无奈吧。(三月四日)

谬误

既有满嘴《蒙求》②、门可罗雀的老师,也有雄辩如燎原烈火的夫子;既有文质彬彬的农学博士夸赞明治神宫的用材,也有民选议员谈论陆海军扩张,主张艨艟需罢休。从前姜度得子,李林甫③作手书曰"闻有弄獐之庆",客视之掩口。盖笑林甫"璋"字误写也。今天大臣感慨时势,论危险思想弥漫,曰:"病已入膏肓,国家兴废在于旦夕。"然天下

---

① 皮隆,即亚历克西斯·皮隆(1689—1773),法国诗人、剧作家。
② 《蒙求》,中国古代儿童识字课本,唐代李翰撰。
③ 李林甫(?—752),小字哥奴,唐朝宗室、宰相,但后期排除异己,重用胡将,是唐朝由盛转衰的关键人物之一。

无怪之者。汉学素养之不堪，可谓亦甚矣。况方今之青年虽晓标签之英语，却不明"四书"之真意。托尔斯泰虽耳熟能详，李青莲之号却眼生。难以一一尽数。近日偶于书店店头见数册旧杂志，上面写有"红潮社发行红潮第某号"。岂不知汉语中，"红潮"就是女子的月经？（四月十六日）

入月

西洋有无歌咏女子红潮之诗，余寡闻，未之知也。在中国的宫掖闺阁诗中，甚少有咏月经者。王建[①]于《宫词》诗中说："密奏君王知入月，唤人相伴洗裙裾。"春风吹珠帘、荡银钩之处，见蛾眉宫人洗衣裙，月事不亦风流？（四月十六日）

遗精

西洋有无诗歌咏叹男子遗精，余寡闻，未之知也。在

---

① 王建（约767—约830），字仲初，唐朝诗人。擅乐府诗，与张籍齐名，世人将其乐府诗并称为"张王乐府"。

日本，俳谐①《锦绣段》有"遗精惊晓梦（神叔②）"。但这个"遗精"的语义，不知是否与当代用法相同。若得识者示教，幸甚。（四月十六日）

后世

君不见，本阿弥③的鉴定古今不变。浪漫派起，则莎士比亚之名四海轰鸣如迅雷；浪漫派亡，则雨果之作八方废弃似霜叶。茫茫流转之相：眼前泡沫，身后梦幻。知音不可得，众愚诚难度。弗拉戈纳尔④欲往意大利研修技艺，布歇⑤为其送行曰："不要看米歇尔·安吉尔的作品！他就是一个狂人而已。"取笑布歇是个俗汉，又有何难？管它千年之后，天下风靡布歇之见。白眼傲当世，长啸待后世。这也只是鬼窟里的生计而已。如何才能混迹于俗，而己不从俗？篱有菊，琴无弦，悠然常来见南山。寿陵余子陋屋卖文，愿一生不云后生，与缤纷文坛之张三李四，谈托尔斯

---

① 俳谐，即俳谐连歌，由日本自古以来普及的传统诗歌形式连歌演化而来，江户时代极为流行。明治时代前，俳谐为连歌和俳句的统称，后俳谐的发句（即首句）独立为俳句。
② 神叔，即青木神叔（生卒年不详），日本江户时代前期俳人。
③ 本阿弥，日本刀剑鉴定世家。
④ 弗拉戈纳尔（1732—1806），法国画家，擅长肖像画和艳丽的风俗画。
⑤ 布歇（1703—1770），法国画家，洛可可画派的代表。

泰，论井原西鹤①，又或喋喋于甲主义乙倾向之是非曲直，安于游戏三昧之境。（五月二十六日）

《罪与罚》

鸥外②先生主笔的《堰水栅草纸》③第四十七号上，有谪天情仙④的七言绝句《读〈罪与罚〉上篇》数首。为西洋小说题诗，这几首恐怕是初创吧？余特将其二三首抄录于左：

考虑闪来如电光，茫然飞入老婆房。

自谈罪迹真耶假，警吏暗杀狂不狂。

（第十三回）

穷女病妻哀泪红，车声辘辘仆家翁。

倾囊相救客何侠，一度相逢酒肆中。

（第十四回）

---

① 井原西鹤（1642—1693），别号鹤永，日本江户时代小说家、俳人，有代表作《好色一代男》，开创了"浮世草子"的文学体裁。
② 鸥外，即森鸥外（1862—1922），日本小说家、评论家、翻译家，是与芥川老师夏目漱石齐名的文豪，有代表作《舞姬》。
③《堰水栅草纸》，文学杂志，1889年创刊，共出59期。
④ 谪天情仙，即野口宁斋（1867—1905），别号啸楼、谪天情仙，日本诗人，常以七言律诗评论小说和戏曲。

可怜小女去邀宾，慈善书生半死身。

见到室中无一物，感恩人是动情人。

（第十八回）

且不论诗之佳否，念及明治二十六年以前，文坛上已在讨论陀思妥耶夫斯基了，面对这几首诗不禁破颜一番的，岂独寿陵余子乎？（五月二十七日）

恶魔

恶魔之数甚多。总数有1745926只。分为72队，每队有一名队长。这是16世纪末叶，德国人威尔斯之《恶魔学》上所载。再没有像这样不问古今、不分东西，详尽地传达魔界消息的了。（在16世纪的欧洲，有不少恶魔学的前辈。除了威尔斯之外，如意大利的皮耶特劳德·埃博涅、英格兰的雷吉纳尔·司各特，皆广为人知。）又曰："恶魔变化自如。可变法律家，变昆仑奴①，变黑骊，变僧人，变驴子，变猫，变兔子，或者变马车车轮。"既可变马车车轮，何不变作汽车车轮，半夜里诱惑人前往烟火城中？可怕，要小心。（五月二十八日）

---

① 昆仑奴，主要指中国古代来自南洋地区的仆役。

《聊斋志异》

《聊斋志异》与《剪灯新话》一道，在中国小说中，说鬼狐，极尽青光寒灯之妙趣，广为人知。作者蒲松龄颇不屑于满洲朝廷，假托牛鬼蛇神之谭，讽刺宫掖之隐微，往往为日本读者所忽略，不无遗憾。例如第二卷所载侠女那样，据说其实是官员年羹尧之女，不外乎暗杀雍正帝秘史的改编。昆仑外史[①]题词说"董狐岂独人伦鉴"，透露出这样的消息。在西班牙有戈雅的《狂想曲》，在中国有留仙[②]的《聊斋志异》，都借山精野鬼，骂杀乱臣贼子。可谓东西一双白璧，堪为金匣之宝藏也。（五月二十八日）

丽人图

西班牙有丽人，叫玛丽亚·特蕾莎夫人。她年轻时嫁与维拉弗兰卡十一代侯爵唐·何塞·阿瓦莱斯·德托莱多。特蕾莎明眸绛唇，香肌白如脂。玛丽亚·路易莎女王嫉妒其

[①] 昆仑外史，即张笃庆（1642—1715），字历友，号厚斋，山东淄川人。比蒲松龄小两岁，是蒲松龄最密切的文朋诗友之一。因为家居淄川西南的昆仑山下，故别号昆仑山人、昆仑外史。
[②] 留仙，即蒲松龄。

美，遂鸩杀之。与那杨太真①何异？长恨人间只得一香囊！侯爵夫人有情郎，叫戈雅。戈雅是西班牙著名画家，生前多次绘制玛丽亚·特蕾莎夫人画像。俗传可信，《穿衣玛哈》和《裸体玛哈》两幅画作，亦真实描摹了侯爵夫人一代国色。日后有一法国画家叫爱德华·马奈②，获得戈雅的侯爵夫人画像，不禁狂喜，随即临摹该画像，作了一帧如春的丽人图。马奈是印象派前辈，与之结交之当世才子不少，之中有一诗人，叫波德莱尔。波德莱尔得侯爵夫人画像，珍爱玩赏如宝玉。1866年波德莱尔发狂疾，绝命于巴黎寓居处，壁上还有这幅檀口雪肌如天仙的丽人图。丽人杏眼长浮秋波，看着《恶之花》的诗人临终情状，犹如当年在马德里宫廷旁观黄面侏儒的跟斗戏一样。（五月二十九日）

卖色凤香饼

在中国，出卖龙阳色相的少年被称为"相公"。"相公"的说法，源出于"像姑"——就像是姑娘。像姑、相公同音相通，即仅替换同音之名。在中国，称路边卖春女为"野

---

① 杨太真，杨玉环道号。
② 爱德华·马奈（1832—1883），法国画家，印象派的奠基人，有代表作《草地上的午餐》。

鸡"。盖诱惑徘徊行人，恰如野鸡。日本称这种人为"夜鹰"，应说是同出一辙。"野鸡"之语传开，以至于引出"野鸡车"之说。所谓"野鸡车"是指什么？就是指北京、上海出没的无牌照车夫。（五月三十日）

泥黎口业

寿陵余子为《人间》杂志撰写《肉骨茶》已有三回。征引古今东西杂书，鼓动玄学气焰，恰似《麦克白》里的女巫大锅。知者三千里外避其臭，昧者弹指之间中其毒。想来是"泥黎[①]"之"口业[②]"。罗贯中作《水浒传》，三代生哑子，寿陵余子撰《肉骨茶》，不知该受何种冥罚？默杀乎？扑灭乎？抑或余子之小说集一册也售不出？不如速速投笔，醉中在刺绣的佛像前独享逃禅的闲暇。悔昨非而知今是，何须臾踟蹰！抛下吾家之肉骨茶，今日吃得珍重，明日厕上瑞光。诸位且看粪中舍利吧。（五月三十日）

[①] 泥黎，梵语，意为"地狱"。
[②] 口业，佛教"三业"之一，指由言语犯下的业障。

★ ★ ★

《天路历程》

将 Pilgrim's Progress 翻译为《天路历程》，是沿袭了清同治八年（1869）在上海华草书馆①出版的汉译本的书名。这本书里面有数页铜版画，都是以中国风描绘该篇的人物风景。如《入窄门图》，或如《入美宫图》，虽不及"长崎绘②"的红毛人，无非也是一种风韵。文字以汉叙洋之处，读来读去乐趣反而不少。尤其是翻译的英诗，作为诗实在看不得，但与插画一样，有别样的趣味。譬如《生命之河》一诗：

路旁生命水清流，天路行人喜暂留。
百果奇花供悦乐，吾侪幸得此埔游。

唠叨此种趣味，恐惹旁人嗤笑吧。然而余想，与狱中之奥斯卡·王尔德坐卧相伴的，就是一本希腊语《圣经》了。（一月二十一日）

---

① 此处的"上海华草书馆"和后文中的"苏松上海华草书院"，正确名称应是苏松上海美华书馆。
② 长崎绘，日本江户时代长崎地区的木版画，描绘西方风物。

三马[1]

二三子聚在一起议论："以今人之眼描绘古人之心，应是自然主义以后的文坛最为醒目的倾向。"一老者从旁插话说："式亭三马的《大千世界幕后》如何？"二三子无从回应，相顾哑然。（一月二十七日）

尾崎红叶

红叶去世几近二十年，如其《多情多恨》《伽罗枕》《二妻》，今日重读仍宛如一朵龟甲牡丹，光彩更加不可磨灭。所谓人亡业显，诚此人之谓也。想来如前述诸篇，结构行文有章法，具变化而不离规矩，所以能垂久远焉。余常思艺术之境无未成品，红叶亦然。（二月三日）

诲淫之书

且不说《金瓶梅》《肉蒲团》，余所知中国小说中，若

---

[1] 三马，即式亭三马（1776—1822），日本江户时代后期小说家，擅写人间百态，反映时态炎凉，日本滑稽小说的代表作家。

列举有诲淫之讥者，可有《杏花天》《灯芯奇僧传》《痴婆子传》《牡丹奇缘》《如意君传》《桃花庵》《品花宝鉴》《意外缘》《杀子报》《花影奇情传》《醒世第一奇书》《欢喜奇观》《春风得意奇缘》《鸳鸯梦》《野叟曝言》《淌牌黑幕》等。余听说，以往舶来之书籍，现已有日语的改编之作。又听说，近年此种改编有秘密付诸出版的。如果你想读一读这样的日译艳情小说，请敲当代照妖镜——诸位审阅官员的家门，恭恭敬敬地借用其所藏之禁书吧。（二月十二日）

戏剧史

关于西洋戏剧的研究著作，现已出版很多，而其起源则是永井彻所著《各国戏剧史》一卷。这本书的封面铜版纸上，绘有锣鼓、喇叭、竖琴等，书名是罗马字"Kakkoku Engekishi"。内容是剧场及机关道具等的变迁、男女演员古今的情况、各国戏剧由来等，对英国戏剧理论的论述最为详细。这里摘其一段：

可是，至1576年女王伊丽莎白时代，才为了特别的戏剧表演，在布莱克弗拉雅思教堂的荒废领地上建立了剧场。以之为英国正统剧场的始祖。（中略）演员中有威廉·莎士比亚，当时是年仅十二岁的儿童，在斯特拉福的学校，初学拉丁文和希腊文毕业。

如此令人莞尔的记载不少。该书出版于明治十七年（1884）一月，作者是警视厅警视属永井彻。（二月十四日）

寿陵余子　大正九年（1920）

关于书的事情

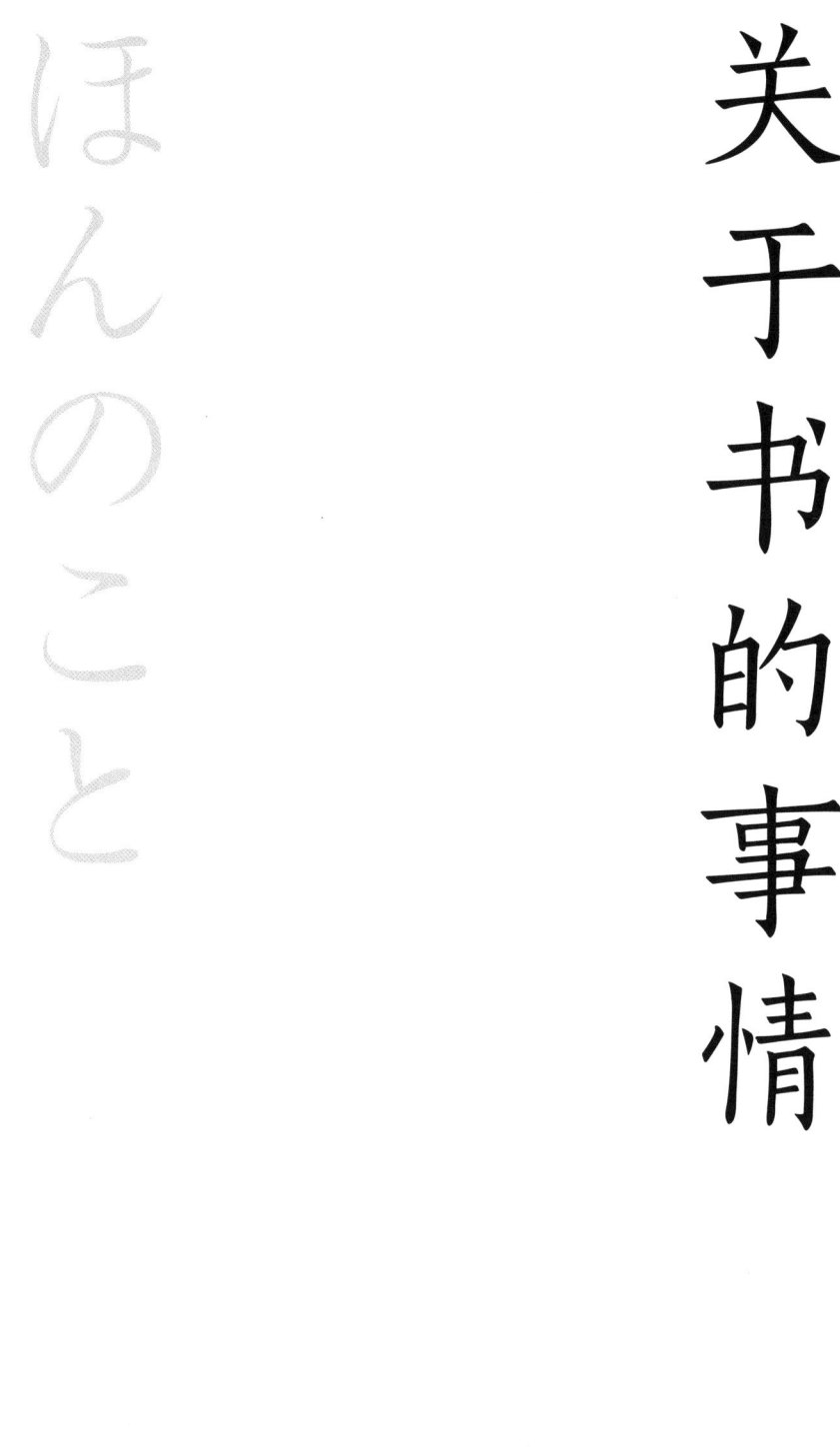

ほんのこと

《各国戏剧史》

我喜欢书，就写写书吧。我手上的洋装书中，有一本奇特的戏剧史。这本书是明治十七年一月十六日出版的。作者是东京府士族、警视厅警视属永井彻。看第一页上的收藏印章，可以得知它曾为石川一口的藏书。序文上说：

戏剧是一个国家的活历史，是文盲的早期教育。故此在欧洲先进之国，缙绅贵族都尊重它。而它之所以兴旺发达，是由于罗马、希腊出著名学者，谋求改良。可是，我国学者早就鄙视李（梨）园，置之不顾，记载之书至今不多。亦即可谓欠缺文化的完整。（中略）余于此有所感：得寸暇之际，翻阅美法等国书籍，将其要领编译，成此册子。因之取名《各国戏剧史》。

所谓罗马、希腊出的著名学者，就是希腊或者罗马的戏剧诗人，想到此我就不禁莞尔。在正文插入的三页铜版画中，有一幅叫作《英国演员杰弗莱尔被囚空窖图》。这幅画怎么看，都感觉是土牢里的景清①。杰弗莱尔无疑就是Geoffrey吧。对了解英吉利古代戏剧史的人来说，这也许是不禁喷饭之事。顺便引一节正文：

可是，至1576年女王伊丽莎白时代，才为了特别的戏剧表演，在布莱克弗拉雅思教堂的荒废领地上建立了剧场。以之为英国正统剧场的始祖。但这里由列斯塔伯爵詹姆斯·波尔倍主治其事。演员中有威廉·莎士比亚，当时是年仅十二岁的儿童，在斯特拉福的学校，初学拉丁文和希腊文毕业。

演员里头有一个叫威廉·莎士比亚的人！三十多年前的日本，仿佛从这句话里可以略知一二。这本书并不是什么珍本，但我从这样的地方感觉到其难得和亲切。还有一点顺便补充：我以前出于好奇心，收集过明治十年代（1877—1886）的小说五十余种。小说本身没什么特别，但那个时代的活字本比起当今的本子误排还少。这难道是由于那时社会更悠闲么？我感觉在这里头看出了笃实的人心。因误排顺便联想到的，是

---

① 景清，出自日本江户时代剧作家近松门左卫门的净琉璃木偶戏《出世景清》。

我某次阅读石印本王建的宫词,"入月"印成了"入用":

> 御池水色春来好,
> 处处分流自玉渠。
> 密奏君王知入月,
> 唤人相伴洗裙裾。

所谓"入月"是女子来月经。(诗中咏到了"月经"的,可能只限于这首宫词。)"入用"就意思不明了。自从遇上这个误印,我对于石印本就一概不能信任了——我说得有点脱离主题了。永井彻写就戏剧史之前,是否有过类似的著述,这一点至今是个疑问。说"至今"是我的原因,我并没有特别查找,只是希望这方面的有识之士赐教,就顺便补充写上了。

《天路历程》

我手头有一本汉译的 Pilgrim's Progress。这一本也称不上珍本,但是,它是我喜爱的一本书。Pilgrim's Progress 在日本也翻译成《天路历程》,是从这本书学来的吧。内文的翻译也大体准确,各处的诗也翻译成韵文了。

路旁生命水清流，

天路行人喜暂留。

百果奇花供悦乐，

吾侪幸得此埔游。

——大体上是这样的翻译。有趣的是，铜版插画里头，画的全都是中国人，来到了beautiful（华丽）的宫殿等，也是中国Christian（基督徒）走在中国式的宫殿前面。这本书是清同治八年（1869）苏松上海华草书院出版的。序有"至咸丰三年中国士子与耶稣教师参译始成"字样，所以此前似乎也出过译本。译者姓名完全不知道。今年夏天，我去北京八大胡同时，某清吟小班的妓女的案桌上，我看见有汉译的《圣经》。《天路历程》的读者之中，也许有过如此丽人。

拜伦的诗

我手头有一本约翰·穆莱于1821年出版的拜伦诗集。内容只有《萨达纳巴勒斯》《福斯卡利父子》《该隐》三种而已。[①]因《该隐》上面有1821年的序，所以它与两部悲剧一道集成的这个诗集可能是初版。这件事也是想着要去查实，

---

① 《萨达纳巴勒斯》和《福斯卡利父子》是历史诗剧，《该隐》是神话诗剧。

却至今未动手。拜伦将《萨达纳巴勒斯》献给歌德,将《该隐》献给司各特。没准他们二人读到的,就是像我手上诗集这样印刷不佳的书吧。我这样想着,时不时兴之所至,就翻阅一下泛黄的书页。送我这本书的是海军学校教授丰岛定先生。我在海军学校时得到丰岛先生多方关照,或请教难解的英文,还不时借钱。丰岛先生最喜欢鲑鱼。先生这阵子晚酌的饭桌上,也许就轮着上鲜鲑、咸鲑、糟腌鲑之类的吧。我翻开这本书时,又想到了这些事情。而拜伦其人其事,却几乎从没浮现在心头。五六年前偶尔想起来,只把《马泽帕》《唐璜》读了开头,就没有下文了。我与拜伦,似乎不过是无缘的众生似的。

《影草》[1]

这是关于梦的故事。在梦里,我和表姐的孩子走在三越百货商店的二楼。这时,打出了"书籍部"牌子的桌子上,有一册四开本的书。我心想:作者是谁?原来是森老师的《影草》。我站在桌前随手翻了两三页看,看到一篇像是希腊故事的小说,是纯朴的日文。"这也许是小金井喜美子[2]

---

[1]《影草》,森鸥外于1897年出版的编译故事集。
[2] 小金井喜美子(1870—1956),日本诗人、翻译家,森鸥外的妹妹,出嫁后改姓。

女士的译文吧。我某次阅读《古今奇观》,看到了与村田春海的《竺志船物语》丝毫不差的故事。这个译文的原文是什么呢?"——梦中的我这样想着。但我读到小说的结尾,却看到写着"若叶生译"。再往下略为翻翻,这回出现了许多插图版面,全是森老师的书画,画的是莲花和《西行望富士山》。插图之后是书简集。之中说道:"孩子死了,我写不出小说,请宽恕。"收信者是畑耕一先生。收信人是永井荷风先生的也有许多。不知何故,寄件人姓名都作"荷风堂先生"。"荷风堂就奇怪了,应该是森先生才对啊。"——梦中的我又这样想道。之后我就醒过来了。我那天在看《五山馆诗集》里森先生写的字,然后向畑耕一先生要了一盒香烟。看来这些事情不知不觉中与梦境混为一体了。麦克斯·毕尔邦[1]在作品中说,自己最希望收集的书,是书中人物写的虚构的书。但较之《新闻国》[2]的初版,我更加想要这本四开本的《影草》。这本书到手的话,才是珍本。

大正十年(1921)十二月

---

[1] 麦克斯·毕尔邦(1872—1956),英国随笔作家、漫画家。
[2]《新闻国》,森鸥外小说《灰尘》的主人公创作的作品名。

芭蕉杂记

ばしょうざっき

一　著书

芭蕉①没有写过一部书。所谓芭蕉的《七部集》，也都是门人所著。据芭蕉自己的说法，是他不喜欢出名。

"曲翠问：收集俳句，编成集子，应执着于这件事情吗？翁曰：这是低微之心作怪，生怕人家不知道自己厉害，或者出自名闻天下的欲望。"

这样说大致上合乎道理。但往下读时，便不禁莞尔：

"所谓编集子，就是挑选有风格、情趣的俳句，展现自己的风采。我没有编俳谐集的打算。但是贞德以来，俳人们风格各异，就连宗因也提倡俳谐了。而我说的俳谐不同于他们的俳谐，于是由荷兮、野水等监修，编成了《冬日》《春日》《荒野》等。"

---

① 芭蕉，即松尾芭蕉（1644—1694），日本江户时代前期的俳人，把俳句形式推向了顶峰，被誉为"俳圣"，其诗风被称为"蕉风"。

根据芭蕉的说法,编撰蕉风的集子不是为了出名,而编撰芭蕉的集子则是为了出名。这样的话,不属于任何流派的独立诗人该怎么办?而且,若遵从这个说法,例如斋藤茂吉在《兰》发表作品,就不是追求出名;写作《赤光》或者《璞玉》,就是"低微之心作怪,生怕人家不知道自己厉害……"

但是,芭蕉还这样说:"我没有编俳谐集的打算。"按照芭蕉的说法,监修《七部集》,是摆脱出名的所为。而且他说不喜欢,令人想到他必有某些讨厌出名以外的理由。然而,这个"某些理由"是什么呢?

据说芭蕉连珍视的俳谐也说成是"一生的中途耽搁"。那么,他是否把监修《七部集》也视之为"空"了?与此同时,他是否甚至在把编集子视为"恶"之前,也视之为"空"了?寒山①在树叶上题诗,似乎也不大热心于收集那些树叶。芭蕉也任凭一千余句俳谐像树叶一样流转变迁吗?至少在芭蕉内心深处,总是潜藏着这样的心思吧?

我觉得芭蕉没有著书属于理所当然。在此之上,他作为宗匠②,也是一生都不需要版税的吧。

---

① 寒山(生卒年不详),中国唐代诗僧,因隐于天台山寒岩,自号"寒山",常在山林间题诗作偈,元代传入朝鲜和日本,20世纪以来受到日本学者的推崇。森鸥外以寒山诗集序言创作了小说《寒山拾得》。
② 宗匠,和歌、连歌、俳谐、茶道等的师傅。

二　装帧

芭蕉在出版俳书上，似乎也有种种要求。例如关于正文写法说过："写法可有多种。只希望心态不浮躁。《猿蓑》字刻得好，但今天看来大了一点。作者名字大，看上去寒酸。"

又蒙胜峰晋风告知，俳书的装订，在芭蕉以前好华美，在其之后则于简朴中崇尚枯寂。芭蕉如生于今日，会考虑正文用九磅字，封面使用棉布吧。或又如威廉·莫里斯[①]那样，在与后援者杉风商量之后，在活字印刷上出新意吧。

三　自我解释

在与北枝的问答中，芭蕉拒绝对作品作自我解释，说道："向别人解释我的俳句，就如同对别人说自己的脸。"但这未必对。芭蕉是这样说，却仍向他的门人无休止地自我解释。有时候甚至不乏自吹自擂，说极尽"苦思冥想"之类。

"'咸鲷齿龈寒，鱼店好冷清。'对这首俳句，翁说是不经意间得之，不足自夸。'松鱼初上桌，来自镰仓乎？'这首才是人所不知的劳心之作。'山峰之月白，恰如猿露齿。'是其角的俳句，'咸鲷齿龈寒'是我作的，下接鱼店即自然成句。"

[①] 威廉·莫里斯（1834—1896），英国设计师、诗人，工艺美术运动创始人。

确实是"向别人解释我的俳句，就如同对别人说自己的脸"。但是，艺术却不像人脸，不是任何人都看得分明的。萧伯纳总是自己解释自己的作品，他的心情芭蕉也多少有同感吧。

四　诗人

"俳谐乃是一生的中途耽搁，很麻烦。"这是芭蕉对惟然说的话。除此之外，似乎他也时不时对门人表露轻视俳谐的口吻。这对相信人生是一场大梦的遁世者芭蕉而言，是理所当然的话。

但是，像芭蕉般认真对待"一生的中途耽搁"的人，肯定极少。不，如果看芭蕉的用心方式，甚至令人想道：称之为"一生的中途耽搁"，是装装样子吧。"土芳说，翁谓'学在于常'。翁还说：临席，文几与我合为一体，所思所想一下子说出，至此不再迟疑。有些凌厉的话，文几一撤去即如废纸。有时如同砍倒大树，用刀竭力一砍，那便如切西瓜一般。有人攻击我是'吃梨子的口气''三十六句皆属闲话'之类的，是巧者欲窥破我意的说辞。"

芭蕉此话的语气仿佛是在教剑术，肯定不像是以俳谐为游戏的遁世者说的话。再看看芭蕉其人创作俳句时的态度，越发热情高涨。

"许六说,有一年江户某人开元旦诗歌会,邀请了翁。翁在我家逗留四五天后出席。某日降雪,时近黄昏,作俳谐:

海上人声唤,呼喊什么事?(桃邻)
拂晓舟行时,鼠辈吱嘎响。(翁)

"我其后拜访芭蕉庵时,谈起了这首俳句,我说,此一'晓'字难得,忽略的话就遗憾了。可谓不动如山。师傅起身道,你听出此一'晓'字,老夫已十分满足。这首俳句起初构思是:

须磨鼠辈嚣,舟中吱嘎音(响)。

"因前一俳句有'声'字,此处不宜作'音'字,于是做了修改。中心转移至须磨老鼠,这俳句欠缺连续性。我说,此处远胜'须磨鼠辈'。(中略)晓字醒目,无可比拟。师傅闻言大喜,曰:从未有人如此看待。只是我一说出口,便都一副惊愕的面孔,分辨不出好坏,如同鲫鱼醉于泥中。那天晚上作这首俳句时,我自豪地对一座之人说,请以这首俳句赎我迟到之过吧。"

对知己的感激,对流俗的轻蔑,对艺术的热情——在这则逸事里,诗人芭蕉的面目历历如在眼前。尤其是"请以这首俳句赎我迟到之过吧"的磅礴气势,且不提一个遁世之人如何,即便今天虔敬的批评家,若不为之慑服,也会感到心满意足的。

"翁对凡兆说,一生之中,得三五首秀逸之作的可称作者,达到十首的就是名人了。"

即便名人消磨一生,也仅得十首佳作,可见这个俳谐也非等闲事业了。而据芭蕉之说,也就是"一生的中途耽搁"!

"十一日。早上又阵雨。不料,东武的其角来了。(中略)他马上来到病床前,看到师傅病体骨瘦如柴,且愁且喜。师傅也只是眼望弟子,热泪盈眶。(中略)

抽签做菜饭,彻夜陪伴吧。(木节)
蓑巢都是子,结草虫寒鸣。(乙州)
蹲坐守病人,寒自药中来。(丈草)
井喷引鹤来,入冬初时雨。(其角)

"惟然一一吟诵,师傅随即又听了丈草的俳句,用沙哑的声音夸奖道:'丈草吟得好啊,听来总是空寂、协调,有趣有趣。'"

这是芭蕉圆寂前一天发生的事情。看来芭蕉执着于俳谐之心比死亡还要强烈。假如对要从一切执着找出罪障的谣曲作者说起这一过程,芭蕉必定被赋予后场出场的主角身份,向行脚僧诉说地狱之苦吧。

从一个遁世之人身上看到如此热情，说矛盾确实矛盾。但是即便存在矛盾，不也正好说明了芭蕉的天才吗？歌德说，写诗时总被 Daemon（精灵）附身。芭蕉成为遁世之人，也是太受诗魔的摆布了吧？也就是说，芭蕉身上的诗人比芭蕉身上的遁世者更加强有力吧？

我爱遁世未了的芭蕉的矛盾。与此同时，也爱其矛盾之大。否则，也许要同样向深草的元政①等人表示敬意了。

五　未来

"翁于迁化之年出深川时，野坡问：'往后俳谐还会跟今天一样创作吗？'翁曰：'相当一段时间应该还是今天的样子。过五年七年的话，会为之一变。'"

"翁曰：'俳谐已有三成问世，还剩下七成。'"

看这段逸事，似乎芭蕉已将未来的俳谐看得清清楚楚。又，也许会发生种种喜剧：在众多门人之中，会有人出于情面设法努力改变原来的风格，自我陶醉于那还未问世的、非己莫属的余下七成俳谐。但是，这是指"芭蕉自己的明天"

---

① 深草的元政，即佛教学者释日政（1623—1668），字元政，号妙子、泰堂等，京都深草瑞光寺开山祖师，世称"深草元政"，善写诗文。

吧。也就是说，过那么五六年，芭蕉自身的俳谐要为之一变的意思吧。又或者是已经公开的俳谐不过三成，剩下七成的俳谐尽在芭蕉自己胸中的意思吧。那么一来，对于芭蕉以外的人来说，不用说五六年，即便过了三百年，也许也做不到使之一变。七成的俳谐亦然。芭蕉并非街头占卜算卦的那一类人。然而确实感受到芭蕉自身不断进步——我对这一点确信不疑。

六　俗语

芭蕉经常在他的俳谐中使用俗语。不妨以下面的俳句为例：

于洗马
出梅局地雨，碎云片片浮。

"出梅"也好，"局地雨"也好，"碎云"也好，全都是俗语。而且俳句的客途之情充满无限寂寞。（这么写来，确实没有比赞扬不世出天才更轻而易举的事情了。尤其是赞扬毫无异议的古典天才！）不妨说，这样的例子在芭蕉的俳句中可谓不胜枚举。必须说，芭蕉自己傲然自述"俳谐之益在于正俗语",也是理所当然的。所谓"正",并不是像文法教师那样,纠正语法或者假名书写,而是在灵活地捕捉语感的基础上,给俗语以灵魂。

放松且自在,便如日暮凉。(宗次)

"编撰《猿蓑》时,宗次希望自己有一首入集,吟诵了几首,但都不足取。

"一天傍晚,他侍奉于翁身边,翁曰:你不必拘礼了,我也躺着。宗次说,恕我失礼,放松自在的话,就凉快了。翁曰:此话就是俳句,写来可入集。"(小宫丰隆先生为这则逸事加上了有趣的解释,可参照其芭蕉研究。)

这时候使用的"放松自在"已经不是单纯的俗语。借用红毛人(荷兰人)的话,这是将芭蕉情调的震音(Tremolo)如实地表现的诗语。进一步说的话,芭蕉非因其为俗语而使用俗语,而是因其可入诗而使用的。这么一来,可以肯定,只要可入诗,不问汉语还是雅语,毫无疑问他都使用。实际上,不单单是俗语,芭蕉还正了汉语和雅语。

于佐夜中山

命也如是,只有草笠下,稍得些凉意。

杜牧《早行》的残梦,在小夜中山忽惊醒。

马背瞌睡有残梦，月远饮茶热气腾。

像这样，芭蕉的语汇出入于古今东西。而他正俗语，肯定是最引人注目的特色。另外，从正俗语上，可一窥诗人芭蕉的功力之大乃是事实。的确，谈林派诸俳人——不，甚至伊丹的鬼贯也许早芭蕉一步使用俗语，然而，对所谓平淡俗语施以炼金术，正是芭蕉的一大功劳。

但是，这一显著特色，似乎同时又使人对俳谐产生了误解。其一误解是俳谐容易明白，其二误解是俳谐容易创作。俳谐堕入陈腐——这样的事情，时至今日可不再讨论。这类陈腐的闹剧，子规居士也已经在《芭蕉杂谈》中指出了。而唯一必须着重指出的，是芭蕉所使用的俗语颇为精彩而已。不然的话，所谓的民众诗人就不惮于将芭蕉与不幸的惠特曼一样，归入他们的先驱之一了吧。

七　耳

喜爱芭蕉俳谐的人"音盲"是遗憾的。假如对"音调"之美完全无动于衷，对芭蕉的俳谐之美也就一知半解而已吧。

原本俳谐比起和歌更缺乏"音调"。在仅靠十七字就决定成败之下，要传达"语言的音乐"，非得有强大功力不可。

不仅如此，仅只执着于"音调"，就失去了俳谐的正道。要将芭蕉的"音调"留待后面再说，就是在传达这个意思吧。但是，芭蕉自己的俳谐，几乎都没有忘记"音调"。不，有时候，一首俳句之妙甚至全在于"音调"。

夏月清朗夜，御油至赤坂。

这首俳句为了体现"夏月"，使用了"御油""赤坂"等地名所带来的色彩感。这种手法完全不足为奇，毋宁说多少有可能招惹俗套之讥吧。但是，它给予耳朵的效果，充满了符合旅人心情的、悠悠然的美感。

年货集市开，去买线香吧。

假如俳句"夏月"不是以歌剧歌词而是以乐谱见长，那么像这一首俳句，就是二者都杰出的一个例子。尽管去年市购买线香可谓萧索，但肯定有怀念之情。加上"去买吧"加强了语调语气，宛如目睹了芭蕉其人之心的欢欣雀跃。进一步看下面的俳句，芭蕉对于"音调"的运用非常自在，我们只能瞠目结舌。

秋已深，邻居在干什么呀？

捕捉到如此庄重"音调"的，三百年间仅仅芭蕉一人。芭蕉教导弟子说，"俳谐是《万叶集》之心"。这句话一点也不是吹牛，这就是喜爱芭蕉俳谐的人非得打开耳孔（倾听）的缘由。

八　同上

芭蕉俳谐的特色之一，是其美感巧妙融合了诉诸眼睛之美和诉诸耳朵之美。借用西洋人的话，是融合了语言的"Formal element（形式元素）"和"Musical element（音乐元素）"，获得了独特的妙处。只有这一点，似乎连与谢芜村[①]的大手笔也终究未能追上。下面列举的，是几董所编《芜村句集》上刊载的关于春雨的全部俳句。

> 春雨和私语，蓑衣和斗笠。
> 春雨今又是，奈何近黄昏。
> 浸柴来诱鱼，春雨正当时。
> 春雨绵绵中，海月半朦胧。
> 春雨淅沥时，灯笼伴我归。

[①] 与谢芜村（1716—1783），日本江户时代中期的俳人、画家，被称为江户俳谐的中兴之祖。

怪物栖息西京已久，有家屋荒废。现已没有动静——

春雨人居处，生火烟透壁。
春雨下不停，物种袋淋湿。
春雨迎面来，且戴上头巾。
春雨点滴下，海边贝壳湿。
春雨瀑布口，听闻喊灯声。
春雨池水涨，莼菜生其中。

梦中吟
春雨无记述，身世之凄凉。

芜村这十二首俳句把诉诸眼睛的美感——尤其是大和绘式的美感非常悠然自如地表现出来了。但诉诸耳朵方面的，似乎就不大轻松自如了。加上如果连续地读的话，甚至会感觉有相同"音调"重复、单调之憾。但芭蕉在渡过这样的难关时，就丝毫感觉不到塞滞。

春雨细蒙蒙，道路蓬草长。

于赤坂
懒觉醒来迟，强起春雨中。

我从芭蕉这两首俳句中，感受到百年春雨。"道路蓬草长"品味之高自不待言。睡了"懒觉"醒来，"强起"挣扎的"音调"里，体现了近于柔媚的慵懒。在芭蕉这两首俳句跟前，芜村的十二首无论如何只能评为及不上。总而言之，芭蕉的艺术感觉比起所谓现代人，是受过诸多锤炼的。

九　画

东洋的诗歌不论和汉，往往以画趣为生命。西洋人的诗发端于史诗，他们也许会在这种"有声的画"上面贴上邪门歪道的标签。但是，"遥知郡斋夜，冻雪封松竹。时有山僧来，悬灯独自宿。"就宛如一幅南画。另外，"库藏的背后，燕子频来往"也像是一幅浮世绘。在体现画趣上灵活自如，也是芭蕉俳谐不可忽视的特色之一。

　　遥望野松枝，顿觉荫凉意。
　　醉脸窥窗孔，看见葫芦花。
　　山民缄口行，葎草[①]及颈吧。

第一首俳句是纯粹的风景画。第二首是加上了点景人物

[①] 葎草，多年生缠绕草木。茎和柄布满倒生的短刺。

的风景画。第三首是纯粹的人物画。芭蕉这三种画趣全都格调不低。尤其是"山民"那句,表示了对于葎草"直没至下巴"的巨大恐惧。如此表现画趣,就连芜村也不得不逊色几步。(再三拿芜村做比较,实在抱歉。但也因为他是芭蕉之后的巨匠。)不仅如此,即便在表现最具芜村特色的大和画趣时,芭蕉也轻轻松松就获得了不下于芜村的效果。

　　夏日包粽忙,只手撩额发。

　　据说芭蕉自己将这首俳句称为"物语体"。

十　男色

　　据说芭蕉也像莎士比亚和米开朗琪罗一样,喜欢男色。这个说法未必是虚构。元禄是产生井原西鹤的《大鉴》的时代。芭蕉也可能与时俱进,爱好了分桃①之契。年轻芭蕉执笔的《贝覆》中就有这样的话:"有人说我从前也好男色。"在芭蕉的其他作品中,曾有过讴歌美少年"总角少年郎,芬芳如嫩草"之类的内容。

----

① 分桃,指春秋时卫灵公的男宠弥子瑕分桃给卫灵公吃的典故,后喻男性间的亲密关系。

但是，我还是不能认为芭蕉是性倒错。不错，他是说过"我从前也好男色"，但第一，这句话出现在体现其谐谑才华的《贝覆》的评语一节。这么一来，把它当成坦诚相告，岂不是草率了一点？第二，即便就当成自我坦白，也许当日的爱好男色与今天的爱好男色并不是一回事。如果今天也爱好男色，理应没有必要特地提及"从前"。而且，想到写出《贝覆》的宽文十一年（1671）正月，芭蕉才刚刚二十九岁，所说的"从前"，也就是指"性觉醒"以后的数年间吧。这个年龄段的Homo-Sexuality（同性恋）并不特别稀见。甚至生于20世纪的我们，假如回顾年少时的性欲发展过程，大抵保留着那么一段一度对美少年着迷的记忆吧。何况与门人杜国之间有过同性恋之类的说法，毕竟只是小说而已。

十一 大海彼岸的文学

"某禅僧问及诗，翁曰：诗之事，隐士素堂深谙此道，广为人知。他常说，诗是隐者之诗，以风雅为好。"

"正秀问，《古今集》①一集里，收入了这样三首诗：'大雪纷纷下，天空却不知。''人间不知晓，樱花已绽开。''樱花已开放，春天却不知。'出自同一作者的相似的三首诗收

---

① 《古今集》，即《古今和歌集》，日本第一部敕撰和歌集。

入同一个集子里,有这样的先例吗?翁曰:应是纪贯之[①]喜欢的词语。今人讨厌这种情况,看来从前却未必吧。唐土的诗也有这样的例子。丈草曾对我说,杜子美专爱这样做。近代诗人于鳞诗中也有不少。我听过这些诗,但忘记了。"

于鳞是"嘉靖七子"之一的李攀龙吧。芭蕉话里提到的提倡古文辞的李攀龙,给了芭蕉对杜甫的尊敬以一道光明。但是,这一点可暂且不论。我希望这里考虑的是芭蕉其人对于大海彼岸文学的态度。从这些逸事中窥见的芭蕉,丝毫没有呈现学者的面目。现在假如将这些逸事改为当代的新闻报道,是如此极度的淡泊——

"某新闻记者问到西洋的诗时,芭蕉这样答复那位记者:'对西洋诗歌有研究的是京都的上田敏。据他常说的内容,象征派诗人的作品极尽幽幻。'"

"……芭蕉这样答道。这种情形,在西洋诗里可能也有。前不久和森鸥外说起,据说歌德也有不少这样的情形。另外,在近来某些诗人的作品中也很多。其实那些诗都听过的,不巧全都忘掉了。"

能够答到这个份上的,也许在当时的俳人里头,也是罕见的吧。总而言之,他疏远大海彼岸的文学,这一点是确实的。不仅如此,芭蕉似乎还讨厌文人墨客不去领会艺术上无

[①] 纪贯之(872—945),日本平安时代初期的随笔作家与和歌圣手,《古今和歌集》编著者之一。

法言传的醍醐之味，只顾死读万卷书。至少对于摆出一副学者面孔的人，他会无名火起，经常别出心裁地加以嘲讽，显示他的讽刺天才。

"'山村巡演迟，梅花已然开。'翁赠去来这首俳句，在回复时说：这首俳句可做两种意义上的解释。一是山村风大寒冷，梅花盛开时巡演就会来了吧。意思是二者都来迟。另外，是怀念京城：山里梅花开过了还不见巡演的影子。翁在解释中还说了别的事情：去年阴历六月走过五条大道时，见古怪的屋檐下悬挂一个招牌，上面写着'本店有はくらん[①]妙药'。同行者觉得奇怪，嘲笑说应写作'霍乱'之药。吾却答道：是治'博览'病的吧。"

博览多识的去来一门皆学者，对他来说，这是比德山之棒[②]还要严重的伤害吧。（去来的父亲向井灵兰不仅通儒医二道，甚至翻译出版了《乾坤弁说》，兄弟中有名医元端和大儒元成。）再顺便补充一句：芭蕉另一方面是个极为敏锐、辛辣的讽刺家。来一句"治'博览'病的"，绝对厉害。另外，他也留下了这样的逸闻：东武之会不以盂兰盆节为释教，遭岚雪责难。翁曰："若以盂兰盆节为释教，则正月为神祇乎？"总之，芭蕉言语刻薄，似乎经常让门人们烦恼。所幸这位讽

---

① はくらん，"霍乱"的日语误写，有"博览"的意思。
② 德山之棒，唐代德山宣鉴禅师常以棒打为接引学人之法，形成特殊之家风，世称德山棒。

刺家在距今约二百年前因为肠炎之类的去世了。否则我这篇《芭蕉杂记》必定会被他擅长的毒舌狠狠嘲弄一番吧。

如上所述，芭蕉不大了解大海彼岸的文学。那么，要说他对大海彼岸的文学是全然冷淡吗？却并非如此。莫如说，他相当热心于将大海彼岸的文学表现手法收入自家的药箱里。不妨看看支考留下的这样一则逸事：

"某次翁说话，提到近来读《白氏文集》，觉得'老莺''病蚕'这样的词汇极富情趣，便作了如下二首俳句：

黄鹂笋丛啼，小莺寻老莺。

梅雨下桑田，苦了饲蚕人。

"老幼黄莺置身竹笋丛，巧妙地包含了老小之间的情味。不知蚕之熟语之人，较难理解其心境的变化。其实应加入'筵'一字，表示家中饲养的情形。"

《嵯峨日记》里也提到，白乐天的《长庆集》是芭蕉爱读的书之一。这种诗集的表现手法被他脱胎换骨地使用，似乎也不稀奇。例如，芭蕉的俳谐在动词用法上，运用了独特技巧：

杜鹃一声横江传。

立石寺（前书略）

蝉鸣声悠闲，渗入岩深处。

参凤来寺

寒风刮杉林，残岩吹成尖。

这些动词的用法，岂不就是从大海彼岸文学的字眼学到的吗？所谓"字眼"，就是因为"一字之工"，而使一句新奇。以下不妨引用岑参的一联为例：

孤灯燃客梦，寒杵捣乡愁。

可是，断言芭蕉是"学来的"，当然是有相当的风险。也许芭蕉自己捕捉到了与大海彼岸的诗人相同的表现手法亦未可知。但是，以下举出的一首俳句，也仍然不外乎暗合而已吗？

晚钟声消歇，扑面花香来。

我相信，这显然是把朱饮山的所谓倒装法运用在俳谐上了。

红稻啄残鹦鹉粒，碧梧栖老凤凰枝。

上面列举的是杜甫著名的一联，运用了倒装法。若按照平常说法，这一联就是"鹦鹉啄残红稻粒，凤凰栖老碧梧枝"——必须颠倒名词的位置。芭蕉的俳句若按照一般说法,就应该颠倒动词的位置:"扑面晚钟声,花香方消歇。"这样一来,尽管一个是名词,一个是动词,以之在俳谐上尝试倒装法,这种思考就难以说是武断的吧。

前人已屡屡提及,芜村从大海彼岸的文学中学到了很多。但不知何故,思考芭蕉的人似乎就不多了。(假如有那么一位的话,理应早就察觉"晚钟方消歇"这首俳句了。)但是,延宝天和年间的芭蕉,如众所周知的"忆老杜·风吹髭须寒,暮秋谁叹息[①]""眼见吴天雪,夜来加重被[②]",留下了许多改编大海彼岸文学的作品。不,还不仅如此。芭蕉在《虚栗》(天和三年付梓)的跋后署名"芭蕉洞桃青"。"芭蕉庵桃青"未必是让人联想到大海彼岸文学的雅号,但是,"芭蕉洞桃青"却具"凝烟肌带绿,映日睑妆红"诗中之趣。(胜峰晋风也说,《芭蕉俳句定本》年谱之中,"不可漏看一个'洞'字"。)于是,芭蕉——至少是延宝天和年间的芭蕉,必须说是醉心于大海彼岸的文学。或者说句多少有点危险的话,使堕落在谈林风鬼窟里的芭蕉的天才开眼的,是大海彼岸的文学。在芭蕉俳谐中有这些大海彼岸文学的痕迹,当然无需讶异。我碰巧在阅读《芭蕉俳句定本》时思考着大海彼岸文学的影响,就在《芭蕉杂记》后面加入了这些

[①] 参见杜甫《白帝城最高楼》"杖藜叹世者谁子"句,白居易《初贬官过望秦岭》"无限秋风吹白须"句。
[②] 参见北宋僧人可士《送僧》诗,有"笠重吴天雪,鞋香楚地花"句。

想法。

附记：传说芭蕉自幼跟从伊藤坦庵、田中桐江等学者学习汉学。然而，芭蕉蒙受的大海彼岸的文学影响，毋宁说是受喜欢作诗的山口素堂所启发。

十二　诗人

关于蕉风的连句的讨论，樋口功先生的《芭蕉研究》已作了颇为明快的叙述。虽说我不像樋口先生那样，相信在俳句方面，蕉门英才以及芜村都与芭蕉不相上下，但是，芭蕉在连句上有其古今独步的妙手，这一点确实如樋口先生评论的那样。不仅如此，他所说的，元禄文艺复兴反映在蕉风的连句上，这一点必须说实在有同感。

芭蕉完全不是孤立于时代之外的诗人。不，毋宁说，他是全身心投入时代的诗人。碰巧学问之渊博没有表现在芭蕉的俳句中，这也如樋口先生所指出的那样，因为俳句只以"我的诗歌"为正道。芜村冲破这一禁锢，将俳句解放到无自他之区别的大千世界。"夫妇获罪谴，又逢更衣日""梦中呼相扑，我绝不会输"等俳句正是这一解放所产生的作品。芭蕉甚至对许六的"名将桥弯弯，像把扇子吧"下了评语，说"此俳句为名将之作，俳句作者一点功劳也没有"。假如他读了芜村"夫妇获罪遣"以下的作品，想必会对后代竖子的恶作剧大皱眉头吧。当然，芜村尝试俳句解放的好坏，须另当别论。但是，不看芭蕉的连句，就赞扬芜村的小说式构想为前人所未有，是十分偏袒的评判。

为了慎重起见，我再重复一次：芭蕉完全不是孤立于时代之外的诗人，而是《万叶集》之后，最为切实地捕捉时代、最为大胆地描绘时代的诗人。为了了解这一事实，不妨看一看芭蕉的连句。元禄时代诞生了近松，诞生了西鹤，更进一步诞生了师宣，芭蕉则委婉道尽了元禄人情，几乎令人怀疑他喜欢茶泡饭不是真的。尤其是读其讴歌恋爱之作，甚至让人觉得其角也是不解风情的莽汉了。更何况后代才子之类，被疑不外乎空也[①]般瘦削，要么是个腹中空空、失了肾气的年轻隐居者。

　　砧台捣衣声，狩衣送良人。（路通）
　　吾之小名君记否？（芭蕉）
　　蒙召进宫去，自愧虚名传。（曾良）
　　添只细胳膊，正好枕手眠。（芭蕉）

　　殿守夜合欢，不觉已拂晓。（千里）
　　依依一夜情，晨别遮秃眉。（芭蕉）

---

① 空也（903—约972），日本平安时代中期僧人。

穿木屐走吧，黎明下雨了。（越人）
一夜情已别，犹忆轻盈身。（芭蕉）

切菜做浇头，心神不定焉。（野坡）
不骑马之日，家中思恋情。（芭蕉）

瞿麦开花温柔色。（岚兰）
被褥叠四方，君拥睡囫囵。（芭蕉）

　　创作这些俳句的芭蕉，与近代芭蕉崇拜者心目中的芭蕉，稍微有些不同。例如"一夜情已别，犹忆轻盈身"，并非淡漠枯寂的遁世者的作品。这是多情的元禄人的作品，对仿佛出自菱川浮世绘的女子和少男之美显示了敏锐的感受性。"元禄人的"——我斗胆称之为"元禄人的"。这些作品的抒情诗般的美妙韵味，并不是那些文化文政时代①的花柳行家之流梦寐中可到达的境地。若论年代，他们与讴歌"吾之小名君记否"的芭蕉不过仅仅隔了百年而已。而实际上，他们较之千年之前讴歌"勿忘常陆少女心"的《万叶集》女子，岂非缘分更加遥远的俗人么？

---

① 文化文政时代，指1804—1830年。

十三　鬼趣

如以上所列举，芭蕉也和一切天才那样反映了时尚。其显著例子之一，是芭蕉俳谐所具有的鬼趣。浅井了意的《御伽婢子》改编了《剪灯新话》，在宽文六年付梓。之后，这样的怪谈小说就流行至宽政年间了。例如西鹤的《天下马》等，也是这种流行所产生的作品。正保元年出生的芭蕉历经宽文、延宝、天和、贞享，逝于元禄七年。这么一来，必须说，芭蕉的一生始终处于怪谈小说流行的时期内。为此，芭蕉的俳谐——尤其是时人仍对怪谈小说感到新鲜，《虚栗》以前的俳谐，便留下了时不时耍弄一下鬼趣的、巧妙的作品。例如，不妨对照一下以下例子：

夜风把门开，堂前洒明月。（信德）

老尼消失了，仿佛如朝露。（桃青）

驮马沉没了，深渊处处有。（信德）

憎恨大蟒蛇，蒲团印鳞形。（桃青）

明月一召唤，立时失心疯。（桃青）

林中生杂草，似妖拖尾巴。（似春）

山中苦修时，尼姑唤夫频。（信德）

一念阿弥陀，鳗拥七重衣。（桃青）

骨刀素陶锷，中看不中用。（其角）

瘦马不堪打，鞭子抽马影。（桃青）

山神拥新娘，转眼去无踪。（其角）

隐踪匿迹人，地藏度此生。（桃青）

头上顶饭锅，悄然别离人。（其角）

木槌当儿女，相拥虚幻中。（桃青）

那只小壁虎，此时金色王。（峡水）

雨龙入袖来，与梦相契合。（桃青）

这些作品的某些地方无疑是滑稽的。而"瘦马的影子"或者"木槌当儿女"比起当时的怪谈小说，毋宁是更为惊人的说法吧。在蕉风树立之后，芭蕉就几乎与鬼趣绝了缘。但是，他那些寓意无常的作品即便不含鬼趣，也常带有不可言喻的鬼气。

题骸骨画

盆节吹晚风，灯笼糨糊开。

本间主马宅中有一画，绘众骸骨吹笛敲鼓演能剧之状，悬挂于壁。（下略）

一道闪电过，脸面芒穗形。

大正十二年（1923）至十三年（1924）

续芭蕉杂记

ぞくばしょうざつき

一　为人

我写过，芭蕉也给汉字词注入了新的生命。《蚂蚁有六条腿》这篇文章也许不成熟。但是，芭蕉的俳谐每每在接近于这种翻译的冒险上奏功。在日本文艺，至少"光常自西方来"。芭蕉亦不出此例。对于芭蕉那个时代的人来说，芭蕉的俳谐是多么时髦啊。

　　踏壁借凉意，午间亦好眠。

"踏壁"这个词语取自汉语。使用"踏壁眠[①]"这个词语的汉语当然很少。我和室生犀星君一起尽数了芭蕉的近代趣味（当时的）风靡一时的理由。但另一方面，诗人芭蕉

[①] 参见清代画家华喦（1682—1756）诗："写罢茶经踏壁眠，古炉香袅一丝烟。目游瘦石枯槎上，心寄寒秋老翠边。"

又长于处世。达至芭蕉水平的诸俳人——凡兆、丈草、惟然等，在这一点上都不如芭蕉。芭蕉具有他们那样的天才的同时，较之他们更是操劳之人。让其角、许六、之考等人对他折服的，主要在于他的俳谐出类拔萃。（世人所谓"德望"等，在使他们信服这件事上，没有任何作用。）然而他善于处世——或者其英雄手腕，肯定也巧妙地笼络住他们了。芭蕉之通人情世故，从其谈林时代的俳谐中一瞥即知。或者从其书简里头，也可以一窥其操纵东西门弟的机锋。最后，他于元禄二年踏上"奥之细道"之旅时，仍然是创作这种俳句的"强者"。

夏山拜木屐，启程上旅途。

用了"夏山""木屐"，还要用"启程"，面对这气势，也曾是"强者"的一茶也都自愧不如吧。即便作为一个人，他也堪称文艺上的英雄。芭蕉的无常观，并不如其崇拜者所相信的，包含着软弱的感伤主义，而是富于破釜沉舟精神，如有进无退的一条直道。芭蕉甚至不时把俳谐称为"一生的中途耽搁"，未必是偶然的吧。总而言之，不用说后代，即便是在同时代，他也是极少被理解（并不是说他不曾受过崇拜）、一往无前、令人生畏的诗人。

二　传记

涉及芭蕉传记的细节，似乎直至现在也没有弄清楚。但我相信大体上已经探底了——他做了不义之事，出走伊贺，来江户出入花街柳巷，不觉间却成了近代的（当时的）大诗人。另外，为慎重起见补充说一下，他的确没有让文觉惊叹的西行那样的肉体能量，也肯定没有抛弃自己孩子的西行的那种精神能量。芭蕉的传记也像所有的传记那样，如果把作品除外，就什么特别的神秘都没有了。不，与西鹤《留下麻烦》里的荡儿的一生没有多少差别了。只是他留下了他的俳谐——他"一生的中途耽搁"……

最后，他的出生地伊贺国，是出产了"伊贺烧"陶器的地方。这么一个地方的艺术气息，也对在封建时代诞生的他有所助力吧。我某一次从伊贺的香盒上进一步感受到了芭蕉的枯淡。禅僧时不时使用贬抑的言辞代替表扬。在面对芭蕉时，那种心情使我们也不由得感觉出某种东西。他实在是日本三百年前诞生的大骗子。

三　芭蕉的衣钵

芭蕉的衣钵，诗这方面传给了丈草等人。另外，也许还传给了这个世纪的诗人们。但在生活上，就只传给了一茶这个信浓大诗人，他家乡和伊贺一样多山。一个时代的文明当然支配着一个诗人的作品。一茶的作品因此未与芭蕉的作品达至相同高峰。但在他们的心底，两人走的都是"破釜沉舟之路"。惟然曾是蕉门弟子，也许也是这么一个人。但是，他不具有一茶那种死皮赖脸的根性，却比一茶更加可怜。他的疯狂并不是戏剧上可见的洒脱或者趣味，于他而言，那是一种不用说家人了，就连自己的性命也赌上了的疯狂。

秋高气爽良辰，疏狂鬼贯①黄昏。

我绝不认为这首俳句是惟然作品中的名句。但是我认为，他的疯狂在这首俳句之中也能看出来。喜欢惟然疯狂的人——尤其喜欢其中轻妙的人，不妨顾自叹服。然而我相信，那里面打动我们的东西终不及芭蕉，是接近芭蕉的一个诗人的恸哭。如果有批评家把他的疯狂说成"缺少理智"，我将不吝向他表示敬意。

追记：这是《芭蕉杂记》的一部分。

昭和二年（1927）七月

---

① 上岛鬼贯（1661—1738），江户时代前中期的俳人。其洒脱直率的诗风受到好评。

侏儒的话

しゅじゅのことば

序

《侏儒的话》未必是传达我的思想,只不过可窥见我时不时的思想变化。它比起一棵草,或许更像一根藤蔓,而且还伸出些蔓条来。

星星

古人一语道破了:太阳底下无新事。但是,没有新事的,又岂止在太阳之下。

据天文学者说,海格立斯星群发出的光要抵达我们的地球,需要三万六千年。而即便是海格立斯星群,也不能够永久发光,总有失去美丽的光,状如冷灰的时候。不仅如此,在任何地方,死亡都往往孕育着生。失去了光的海格立斯星群在徘徊于无边天际之时，一旦遇上好机会，也会变成一团新星云吧。那么一来，又有新的星星在那里不断诞生了。

与宇宙之大相比，太阳也不过一点磷火而已，更何况我们的地球。但是，在遥远的宇宙极端、银河边上发生的事情，实际上与这团泥巴上发生的事情没有区别。生死在运动规则之下，不停地循环着。想到这样的情况，就不禁对散布于天际的无数星星多少产生了同情，感觉闪烁的星光仿佛和我们一样，在表达感情。在这一点上，诗人[①]一马当先高声赞颂真理：

如细沙般无数的星星之中，有一颗正对我闪亮。

但是，星星也如我一样经历了流转变迁——总而言之并非无聊之事吧。

鼻子

著名的帕斯卡尔有警句曰：如果克娄巴特拉[②]鼻子歪了，也许世界历史会为之一变。但是，所谓恋人，是不在

[①] 诗人，指正冈子规（1867—1902），本名常规，日本俳人，因患有咳血症，自比杜鹃，以杜鹃汉名"子规"作为俳号，曾对俳句进行分类，对俳句发展做出了巨大贡献。
[②] 克娄巴特拉（前69—前30），埃及托勒密王朝末代女王，俗称"埃及艳后"。

乎真相的。不，我们一旦陷入了恋爱，自我欺骗就会圆满地发展至极致。

即便安东尼也不出例外：就是克娄巴特拉的鼻子歪了，他也会尽可能不去看那歪鼻子吧。而当不得不看时，他也会寻找她的其他长处，好弥补这一短处吧。要说其他长处，天底下绝对没有一名女子具备我们的恋人那无数的长处！安东尼也肯定和我们一样，从克娄巴特拉的眉眼或嘴唇处，找出的长处不仅能弥补缺陷且绰绰有余。在此之上，还有众所周知的那句"她的心"！实际上，我们所爱的女性，那些绝佳心灵的主人，古往今来多得我们几乎承受不了。不仅如此，她的打扮，或者她的财产，又或者她的社会地位——这些也属于长处吧。更甚的是，她以前曾为某某名士所爱这一事实乃至风评，也可以作为长处之一。而且，那位克娄巴特拉不正是豪奢和充满了神秘的、最后的埃及女王吗？香烟缭绕之中，皇冠珠光宝气，再手执一枝莲花什么的，即便鼻子多少有点歪，谁人眼中得见？何况是在安东尼眼中！

我们如此这般自我欺骗，并不仅限于恋爱。除了我们多少有的差异之外，大抵都按照我们想要的那样，将种种实相涂改了。例如，即便是牙科医生的招牌，进入我们眼中的与其说是招牌的存在本身，毋宁是希望有一块招牌的心——进而言之，是我们的牙疼吧？当然，我们的牙疼与世界历史无关。但是，这样的自我欺骗，也同样地发生在欲知民心的政治家、欲知敌情的军人，又或者是欲知财务状况的实业家身上吧。我不否认存在修正这一点的理智，同时，也认可统管百般人事的、"偶然"的存在。可所有一切热情，都容易忘掉理性的存在。所谓"偶然"，乃是神意。于是，我们的自我欺骗，也许就是左右世界历史的、最为恒久的力量。

也就是说，两千多年的历史，并不由克娄巴特拉小小的鼻子如何而定。毋宁是由遍布于地面上的、我们的愚昧而定，由可笑又庄严的、我们的愚昧而定。

修身

道德是权宜行事的另一个名字，类似于"左侧通行"。

道德所给予的恩惠，是节约了时间和劳力。道德所给予的损害，纯粹是良心麻痹。

★　★　★

任意违反道德之人，是缺乏经济头脑之人；任意屈从道德之人，则是怯懦或者偷懒之人。

★　★　★

支配我们的道德，是被资本主义毒害的、封建时代的道德。我们几乎在蒙受损害之外，没有得到任何恩惠。

★　★　★

强者会蹂躏道德吧，弱者又被道德抚慰吧。受到道德迫害之人，常常是处于强弱中间者。

★　★　★

道德常常是一件旧衣服。

★　★　★

良心并不像我们的髭须那样，随着年龄生长。为了得到良心，我们需要进行若干训练。

★　★　★

一国国民的九成多，一生都无良心。

★ ★ ★

我们的悲剧,是因年少,或因训练不足,又或是在能把握住良心之前,已被责难为不知廉耻。

我们的喜剧,是因年少,或因训练不足,在蒙受不知廉耻的责难之后,终于捉住了良心。

★ ★ ★

所谓良心,是严肃的趣味。

★ ★ ★

良心可能创造了道德。但是,道德从未创造过良心的"良"字。

★ ★ ★

良心也如一切趣味那样,拥有病态的爱好者。这样的爱好者中,十有八九是聪明的贵族或者富豪。

好恶

我像喜欢陈酿一样,喜欢旧的快乐主义。决定我们行为的,既不是善也不是恶,只是我们的好恶,或者是我们快不快乐。我只能这么认为。

那么,我们即便在极寒的天气里,看见溺水孩童时,为何要主动跳进水里呢?因为救人快乐。那么,忽视入水的不快,选取挽救孩童的快乐,是根据何种尺度呢?是选择了较大的快乐。然而,肉体上的快不快乐和精神上的快不快乐并不依据同一尺度。不,这两种快不快乐并不是完全不相容的东西。毋宁说,就像咸水与淡水那样,是融合在一起的东西。现实中,没接受精神教养的东京大阪一带的绅士们,在喝了甲鱼汤之后,更以鳗鱼佐餐,不也享用着无上快乐吗?而且在水中和寒冷里也有肉体的享乐,正如冬泳所显示。(另外,仍怀疑上述说法的人,不妨想一下受虐狂吧。那种该被诅咒的受虐狂,是在这种肉体快不快乐的外表的倒错之上,加入了常见的倾向。据我们所信,基督教的圣人们——有喜欢立柱苦行的,有爱在火中殉教的,似乎大都患了受虐成癖的毛病。)

决定我们行为的,像从前希腊人所说,除了好恶,别无其他。我们必须从人生之泉,吸取最大的滋味。耶稣不是说过吗?"勿如伪善之徒,装一副戚容。"所谓贤人,就是虽然荆棘满途,也要使之绽放玫瑰花。

侏儒的祈祷

我身披彩衣,献上这筋斗戏,是一个安享太平、心满意足的侏儒。祈求您让我实现愿望吧。

不要让我穷得连一粒米都没有,也不要让我富得顿顿吃熊掌。

不要连采桑农妇都讨厌我,也不要让后宫丽人都爱上我。

不要让我愚昧得不辨菽麦①,也不要让我聪明得会占星打卦。

尤其不要让我勇武得成为英雄。现实中,我时不时做一些变不可能为可能的梦——例如登顶奇峰、渡过大浪险滩。我就像与龙搏斗那样,苦于与这样的梦搏斗。请保佑无力的我吧,千万不要让我成为英雄——千万不要以做一个英雄为志向。

我陶醉于这杯春酒,吟诵着《金缕曲》。我就是一个安享太平、心满意足的侏儒。

神秘主义

神秘主义并不因为文明进步而衰退。毋宁说,文明给予神秘主义长足的进步。

---

① 不辨菽麦,即分不清豆子和麦子。

古人相信，我们人类的祖先是亚当。这意味着我们相信《创世记》。而今人，甚至连初中生都相信人的祖先是猿。这就意味着，人们相信达尔文的著作。也就是说，信书籍这件事，今人也好古人也好，都没有变化。加上，古人至少是读过了《创世记》的。今人则除了少数专家，自己并没有读过达尔文的著作，却满不在乎地相信他的学说。以猿为祖先，较之以亚当为祖先，在耶和华生息的土地上，这信念并不来得更加光彩。而今人无不安于持此信念。

这并不仅仅局限于进化论。甚至"地球是圆的"这件事，真正知道的人也是少数。大多数人不过是"听说过"，一厢情愿就相信了是圆的。若进一步追问为什么，则愚蠢自上而下，从总理大臣起，至打工小职员止，谁都解释不了，这是事实。

接下来再举一个例子：今人谁也不像古人，没有人会相信幽灵实际存在。但是，时至今日，仍不时传说某人见了幽灵。那么，为何这说法不可信呢？是因为看见幽灵者迷信。那他为何迷信呢？是因为他看见了幽灵。今人这番论述，当然就是所谓的"循环论述法"。

何况更为错综复杂的问题，完全立足于信念之上。我们完全不理会理性。不，是只听从某些超越了理性的东西。某些东西——我们在说"某些东西"之前，甚至不能发现合适的名字。如果硬要取名字，则都用象征：蔷薇、鱼、蜡烛什么的。例如就说我们的帽子吧。我们像不戴插羽毛的帽子而戴软帽或礼帽那样，相信祖先是猿，相信幽灵不存在，相信地球是圆的。有人认为是撒谎的话，不妨想想日本是如何欢迎爱因斯坦博士及其相对论的：那是神秘主义的节日，是不可解的庄严仪式。为何那么狂热呢？这甚至连"改造①"社主人山本先生也不知道吧。

于是，伟大的神秘主义者并不是斯维登堡②或者波墨③，其实是我们文明之民。同时，我们的信念也别无选择，只能是三越百货的装饰橱窗：支配我们信念的东西，往往是难以捕捉的流行，或者是类似于神意的好恶。实际上，认为西施或者龙阳君的祖先也是猿，也多少予人以满足吧。

自由意志和宿命

总而言之，若相信宿命，我们对于罪人的态度一定会变得宽大，因为罪恶不存在了，惩罚也就失去了意义。同时，若相信自由意志而产生责任观念，免于良心麻痹，我们对于自身的态度，一定会变得严肃起来。那么，何去何从呢？

我希望轻松地回答：应该一半相信自由意志，一半相

---

① 改造，指综合性杂志《改造》，由山本实彦创办，关注劳工问题和社会问题，刊登过许多有关社会主义内容的文章。
② 斯维登堡（1688—1772），瑞典科学家、哲学家、神学家、神秘主义者，受到笛卡儿很大的影响。
③ 波墨，即雅各·波墨（1575—1624），德国哲学家、神秘主义者，对后来的德国唯心主义和浪漫主义产生了深远影响。

信宿命。或者一半怀疑自由意志，一半怀疑宿命。要问为什么，我们不是因所负宿命娶了妻么？与此同时，我们也得惠于自由意志，而未必如妻所愿，给她买和服外褂和腰带吧？

除了自由意志和宿命，神与恶魔、美与丑、勇敢与怯懦、理性与信仰——其他一切均应以此态度置于天平的两端。古人将此态度称为"中庸"。所谓中庸，英语是 good sense。我相信，如果得不到 good sense，就不能获得任何幸福。假如那样也能得到幸福，那只能是硬撑的幸福，如同盛夏烤炭火，寒冬扇扇子。

小孩

军人近乎小孩。更不必说，他们爱摆出一副英雄的架势，喜欢所谓的荣耀。尤其类似小孩的，是一被喇叭或军歌所鼓舞，就不问为何而战，猛扑向敌人。

由此可见，军人以为荣耀的东西，必类似于小孩的玩具。皮条串起的铠甲或锹形头盔并不满足成年人的趣味。就连勋章也都——实际上我感到不可思议：为何军人也没喝醉，就能拎着个勋章上街？

武器

正义是类似于武器的东西。只要出钱，敌方也好我方也好，都能够买到武器吧。正义也是，只要给个理由，敌方也好我方也好，都能买到这东西。自古以来，"正义的敌人"这标签，就像炮弹一样被互相扔来扔去。但是，若不被修辞所迷惑，哪一方是真正的"正义的敌人"，极少有人要弄清楚。

日本劳工正因为生为日本人，被命令撤出巴拿马。这是违反正义的。如报纸所报道，必须说美国是"正义的敌人"。然而，中国劳工也正因为生为中国人，被命令撤出千住①。这也是违反正义的。如报纸所报道，日本——不，两千年来，日本总是"正义的盟友"。看来正义与日本的利害关系一次也没有发生过矛盾。

武器本身不足惧，可怕的是武人的武艺。正义本身也不足惧，可怕的是煽动家的雄辩口才。武后不顾天道人伦，冷漠地践踏正义。但是，当李敬业起兵叛乱，她读了骆宾王的檄文时，不免大惊失色。因为若非天才煽动家，是写不出"一抔之土未干，六尺之孤安在"这样的名言的。

我每次翻阅历史，就不禁想到游就馆②。在那里的走廊，晦暗之中陈列着各种各样的"正义"。类似于青龙刀的，是儒

---

① 千住，东京地名，当时为工业地带。
② 游就馆，日本靖国神社内的战争博物馆。

教所说的正义吧。类似于骑士矛的，是基督教所说的正义吧。那里有一柄带穗长剑，那是国家主义者的正义吧。我一边观看这样的武器，一边想象许多战斗，弄得自己心跳不已。不过，不知是幸还是不幸，我不记得自己曾想拿起一件武器。

尊王

这是17世纪的法国故事。一天，布尔哥尼公爵问作家阿贝·舒瓦西这样的问题："想委婉传达'查理六世是个疯子'这个意思，怎么说才好？"阿贝随即回答："要是我，只需这样说：'查理六世是个疯子。'"阿贝的这个回答冒着生命危险，据说他后来颇为自豪。

17世纪的法国富于尊王的精神，以至于留下了这样的佳话。但是，据说20世纪的日本也富于尊王的精神，并不下于当时的法国。实在不胜欣幸之至。

创作

艺术家也许总是有意识地创作他的作品。但是，若看作品本身，作品美丑的一半，存在于超越了艺术家意识的神秘世界。一半？或者不妨说是大半吧。

很奇怪我们不擅长问，而擅长说。我们的灵魂也就难免显露于作品之中。古人"一刀一拜①"的用意，不正是谈论对这个无意识境界的畏惧吗？

创作常常是冒险。毕竟是尽了人力之后，只能看天命如何了。

> 少时学语苦难圆，只道工夫半未全。
> 到老始知非力取，三分人事七分天。

赵瓯北的《论诗》七绝，传达出其中信息了吧。艺术很奇妙，带有不测深浅的骇人之处。如果我们不想要钱又不好名声，最终也未被病态般的创作热情所苦，也许拿不出勇气与这可怖的艺术搏斗。

鉴赏

艺术的鉴赏，是艺术家自身与鉴赏家的共同努力。也就是说，不过就是鉴赏家以一个作品为课题，尝试他自身的创作而已。为此缘故，无论在任何时代都不失名声的作品，必

---

① 一刀一拜，又说一刀三拜，指雕刻佛像时，每刻下一刀，就拜三次。

定具备进行种种鉴赏的可能性。但是，有可能进行种种鉴赏，并不就意味着，如同阿纳托尔·法朗士所说的那样，某些地方是暧昧的，易于做任何解释吧。毋宁说，如同庐山各山峰一样，具备从种种方面进行鉴赏的多面性吧。

古典

古典作者之所以幸福，总之是由于他们已经死了。

又

我们，或者诸君之所以幸福，总之是由于古典作者已经死了。

幻灭了的艺术家

有一群艺术家居住在幻灭世界，他们不相信爱，也不相信良心这回事，只是想像从前的苦行者一样，以虚无的沙漠为家。这一点也许挺可怜的。但是，美丽的海市蜃楼只产生于沙漠的天空，他们已对种种的人事感到幻灭，却大抵都没有对艺术感到幻灭。不，只要一提到艺术，空中立即出现常人不知晓的金色的梦。实际上，令人意外的是，他们并非不拥有幸福的瞬间。

告白

完全告白自己，不是任何人都做得到的。同时，不告白自己，也不是任何表述都做得到的。

卢梭是喜欢告白之人。然而，即使在《忏悔录》之中，也不能看见一个赤裸裸的他自己。梅里美[①]是讨厌告白之人。但是，《高龙巴》岂非隐约谈及了他自己吗？毕竟表面上看，告白文学和其他文学的边界并不分明。

人生

致石黑定一君：

如果有人命令不懂游泳的人游泳，任何人都觉得这是讲

[①] 梅里美，即普罗斯佩·梅里美（1803—1870），法国现实主义小说家、剧作家、历史学家，有代表作《卡门》。

不通的吧。如果又有人命令不懂跑步的人跑步，恐怕也被认为是荒唐的吧。但是，自出生时起，我们不就一直承受着这样的愚蠢命令吗？

我们在母胎时，学习过经历人生之道吗？而刚一离开母胎，不由分说就踏入了类似于大竞技场的人生之中。不学游泳者，理所当然不可能游得很如意。同样，不学跑步者，大抵要落于人后。于是，我们就没有可能不带着一身创伤离开人生竞技场。

世人也许会说："看看前人走过的路吧，里面就有你们的榜样。"但是，观察一下上百游泳者或上千跑步者，并不是一下子就会游泳、会跑步的。不仅如此，那些游泳者无一不是呛着水，而那些跑步者又无一不是一身尘土。看吧，哪怕是世界著名运动员，也大多在胜利的微笑底下，掩藏着苦涩吧？

人生就像是疯子主办的奥林匹克运动会。我们必须一边与人生搏斗，一边学习与人生搏斗。对这种游戏的愚蠢之处愤怒不已的人，不妨赶紧退场。自杀也确实是一种便利的办法。但是，希望立足人生竞技场的人，就必须战斗，不怕受伤。

又

人生就像一盒火柴，郑重其事地对待是愚蠢的，不郑重其事地对待是危险的。

又

人生类似一部许多书页散落的书。它难说是一部书，但是，总而言之它构成一部书。

某自警团员[1]的话

好的，接受自警团的安排吧。今晚，树梢仍闪烁着清凉的星光。微风也轻轻吹过。好的，躺在这张长藤椅上吧，点燃这根马尼拉雪茄，通宵轻松地警戒吧。如果喉干了，水壶里有威士忌。所幸衣兜里还有巧克力棒。

听吧：夜鸟在高高的树梢喧闹。鸟儿并不懂这回的大地震也很烦人吧。但是，我们人类由于失去了衣食住的方便，正经受着所有的痛苦。不，不仅仅是衣食住。因为连一杯柠檬汽水也喝不上，正忍受着许多不自由。人类这种二足之兽，是多么可悲可叹的动物啊。失去了文明的最后，我们就必须守护这风前灯火般并不牢靠的性命了。看吧：鸟儿已经

---

[1] 自警团，日本民间团体，为紧急情况下自卫而组织。

安静地入眠。这些不懂羽绒被和枕头的小鸟!

鸟儿已静静入眠,梦乡也比我们的安稳吧。鸟儿是只活在当下的。但是,我们人类必须活在过去和未来。在此意义上,也就必须去尝悔恨和忧虑的痛苦。尤其是这回的大地震,给我们的未来投下了多大孤寂的黑暗啊。东京烧毁了,我们一边忍受着今天的饥饿,也为明天的饥饿所苦。鸟儿很幸运不明白这种痛苦——不,不限于鸟儿。知晓三世[①]的痛苦的,唯有我们人类。

据说小泉八云说过,他更想变成一只蝴蝶,而不是人。说到蝶儿,不妨瞧瞧那只蚂蚁吧。假如所谓幸福仅仅就是痛苦少,蚂蚁也都比我们幸福吧。然而,我们人类也懂得蚂蚁不明白的快乐。蚂蚁也许不会因为破产、失恋而自杀吧。可它们能跟我们一样,拥有快乐的希望吗?我至今记得:在月色微明的废都洛阳,我怜悯无数的蚂蚁群,它们连一行李太白的诗都不懂!

但是,叔本华——咳,别提哲学了罢。总而言之,我们确实与来到那里的蚂蚁并没有大的差别。如果确实如此,就必须更加珍视人类独有的全部感情。大自然只是冷静地打量着我们的痛苦,我们就要彼此怜悯,更何况喜欢杀戮之类——即便绞杀对方比赢得争论更加容易。

我们必须彼此怜悯。叔本华的厌世观给予我们的教训,

---

① 三世,即过去、现在、未来,或前世、现世和来世。

不正是这样的吗？

夜晚似乎已过了零点。头顶上依旧闪烁着清凉的星光。来吧，干了这杯威士忌！我躺在长椅上嚼一根巧克力棒吧。

地上乐园

地上乐园的光景，屡屡被诗词所讴歌。很遗憾，我从未希望栖居于那些诗人的地上乐园。基督徒的地上乐园，毕竟是无聊的景致。黄老学者的地上乐园，也不过是寂寞的中餐馆而已。更何况近代的乌托邦之类——威廉·詹姆士[①]曾胆战心惊的事情，想必大家都记得吧。

我梦见的地上乐园，并不是那种天然的温室，同时，也不是兼为学校的、粮食和衣物的配给所。只是，若住在这里，随着孩子成人，父母必然要死。然后，兄弟姐妹们即便生为恶人，也绝不会生为傻瓜，结果是丝毫也不麻烦彼此。然后，女人一旦成为妻子，因家畜之魂占据而变得顺从了。然后，孩子们不分男女，全部按照父母的意志和情感，一天之内就无数次变得又聋又哑，又胆小又盲目。然后，朋友甲不会变得比朋友乙贫穷，同时朋友乙不会比朋友甲富有，他们相互赞扬，感到无上的满足。然后——

---

① 威廉·詹姆士（1842—1910），美国哲学家，提倡实用主义哲学。

大体上这么想就行了。

　　这并非我一个人的地上乐园,同时也是充满天下的善男信女的地上乐园。只是自古以来的诗人和学者在其金色的冥想中,没有梦见这样的光景。他们没有梦见并不特别不可思议。因为只要梦见了这样的光景,就太充满真实的幸福。

　　附记:我侄子梦想买一幅伦勃朗①的画像,却并不梦想拿到十元零用钱。这也是因为十元零用钱充满了太过真实的幸福。

暴力

　　人生常常是复杂的。将复杂的人生简单化,除了暴力别无其他。为此,往往只具有石器时代脑髓的文明人,比起争论更喜欢杀人。

　　但是,权力毕竟也是获得特许的暴力。为了支配我们人类,暴力也许是经常必要的,又或许并不是必要的。

---

① 伦勃朗(1606—1669),欧洲巴洛克绘画艺术的代表画家之一,也是17世纪荷兰黄金时代绘画的主要人物。

"像个人样"

不幸，我不具有礼拜"像个人样"的勇气。不，事实是，屡屡觉得自己轻蔑"像个人样"。但是，常常对"像个人样"感觉到喜爱，也是事实。喜爱？也许较之"喜爱"，是怜悯吧。但总而言之，如果变得不再为"像个人样"所动，则人生几乎就要变成不堪栖居的疯人院了。只能说，斯威夫特①最终疯了，乃是当然的结果。

据说在斯威夫特发疯稍前，他一边看只是树梢枯了的树木，一边嘟哝着："我就像那棵树，先从脑袋不行了。"我每次想起这件逸事，总是不寒而栗。我私下里一直为自己天生没有一代鬼才斯威夫特的好脑瓜子而庆幸。

椎叶

得到完满的幸福，这是赋予白痴的特权。无论是多么的乐天派，都不可能始终脸上挂笑。不，如果真的允许存在乐天主义，那只说明了对于幸福是如何绝望。

---

① 斯威夫特，即乔纳森·斯威夫特（1667—1745），英国讽刺小说家、政论家，晚年精神失常，有代表作《格列佛游记》。

所谓"家居之食，盛饭有笥；枕草在途，椎叶载粲"①，并不仅仅吟咏行旅之情。我们常常把"想有的"东西妥协为"可有的"东西。学者们要赋予这种椎叶（米槠的叶子）种种美名，但随手拿来看看，椎叶就是椎叶。

感叹椎叶之为椎之叶，比起主张椎叶之为饭笥，的确值得尊敬。但是，对椎叶之为椎之叶一笑了之，也很无聊吧。至少，一生之中总是重复同一感叹，既滑稽，也不道德。实际上，伟大的厌世主义者并不总是苦着脸的。就连患了不治之症的莱奥帕尔迪②，有时也对苍白的蔷薇花浮现寂寞的微笑……

追记：所谓"不道德"，是"过度"的另一种说法。

佛陀

悉达多③潜出王城后，六年之间苦修。之所以苦修六年，当然是因为王城生活之极尽豪奢作祟。其证据就是：据说拿撒勒的木匠之子④只断食了四十天。

---

① 出自《万叶集·卷二》。
② 莱奥帕尔迪，即贾科莫·莱奥帕尔迪（1798—1837），意大利浪漫主义诗人，意大利现代自由体抒情诗的先驱。
③ 悉达多，佛祖释迦牟尼做王子时的名字。
④ 拿撒勒的木匠之子，指耶稣基督。

又

悉达多让车匿①牵马，悄悄离开王宫。据说他的思辨癖好屡屡让他陷入忧郁。于是，也许很难断定，在他潜出王宫之后，让他松了一口气的，实际上是将来的释迦牟尼佛还是他的妻子耶输陀罗。

又

悉达多苦修六年之后，于菩提树下开悟。他的得道传说，是多么说明了物质支配精神。他首先沐浴，然后食乳糜，最后与传说中的放牛少女难陀婆罗说话。

政治天才

自古以来，所谓政治天才，可想而知是把民众意志作为自己意志的。可其实正好相反才对吧。毋宁说，所谓政治天才，是把自己的意志作为民众的意志。至少，是使人相信，那就是民众的意志。由此看来，政治天才总伴随着演戏天

---

① 车匿，悉达多出家时陪行的车夫名。

才。拿破仑说："庄严与滑稽之差，仅一步之遥。"这句话与其说是帝王之言，毋宁更像名优之言。

又

民众相信大义，而政治天才往往一文钱也不愿意花在大义上面。只是为了统治民众，必须使用大义的假面具。但是，一旦使用过之后，他就永久地摆脱不了大义的假面具。假如他勉强脱去，无论他是怎样的政治天才，立即就死于非命，没有例外。也就是说，帝王也为了王冠而自动地受着支配。由此，政治天才的悲剧必定也是喜剧。例如，从前仁和寺法师戴鼎而舞的那种《徒然草》①的喜剧。

恋爱比死亡强大

"恋爱比死亡强大"，是莫泊桑小说里的话。不过，比死亡强大的，天底下当然不仅仅是恋爱。例如，伤寒病患者等要吃一片饼干才最后闭眼，就是食欲比死亡强大的证据。在

---

① 《徒然草》，日本随笔家、诗人吉田兼好（1283—1352）所著随笔集，与《枕草子》并称日本古代随笔文学"双璧"。

食欲之外再列举的话，一定还有许许多多比死亡强大的东西，例如爱国心啦，宗教情感啦，人道精神啦，利欲啦，名誉心啦，犯罪本能啦，等等。也就是说，所有一切热情，都比死亡强大吧。(当然，对死亡的热情是例外。) 而如此林林总总之中，是否恋爱尤其比死亡强大，似乎并不能马马虎虎地断言。即便在一眼就认可比死亡强大的恋爱的场合，实际上支配着我们的，是法国人所谓的"包法利主义"。把我们自己空想为传奇中的恋人似的，是《包法利夫人》以来的感伤主义。

地狱

人生比地狱还要地狱。地狱给予的痛苦并没有打破一定的法则。例如饿鬼道上的痛苦，就是想吃眼前的饭时，饭就着了火之类。但是，人生给予的痛苦，很不幸并不那么单纯。想吃眼前的饭时，它有时着了火，有时又意外地方便吃食。不仅如此，甚至方便吃食之后，在发生肠道黏膜炎的同时，又意外地可以轻松消化。如此顺应无法则的世界，并非任何人都轻易做得到。假如坠入地狱，我们也必定能一瞬间抢夺到饿鬼道的饭吧。更何况在针山、血池等地住个两三年，习惯了的话，应该会变得不那么能感觉到跋涉之苦了吧。

丑闻

公众喜爱丑闻。白莲事件[1]、有岛事件[2]、武者小路事件[3]——已经显示出公众对这些事件感到无上的满足了吧。那么,为何公众喜爱他人,尤其是知名人士的丑闻呢?古尔蒙回答了这一点:"因为自己本需遮掩的丑闻,也就理所当然地展示出来了。"

古尔蒙的回答一语中的,但未必只是这样。就连一件丑闻都没有的俗人们,就在名士们的丑闻中找到了为他们的怯懦辩解的合适武器。与此同时,还找到了实际上不存在的、树立他们优越感的合适台阶。"我不如白莲女士美丽,但比她贞淑。""我不如有岛先生有才,但比他明白世事。""我不如武者小路先生……"——公众如此这般说过之后,就像一头猪似的幸福地睡去了吧。

又

天才的一部分,显然就是弄出丑闻的才能。

---

[1] 白莲事件,日本女歌手白莲私奔的事件。
[2] 有岛事件,日本作家有岛武郎与恋人殉情事件。
[3] 武者小路事件,日本作家武者小路实笃离婚事件。

舆论

舆论往往是私刑，而私刑又往往是娱乐。即便用的是新闻报道，而不是手枪。

又

舆论值得存在的理由，只在于提供蹂躏舆论的乐趣。

敌意

敌意就是一股寒气，别无选择。适度感受它时，有时是爽快的，且在保持健康上，是任何人都绝对必要的。

乌托邦

之所以不能产生完美的乌托邦，理由大体如下：如果人性本身不可改变，则不该诞生完美的乌托邦。如果人性本身可以改变，则认为是完美乌托邦的东西，也随即就感觉不完美了吧。

危险思想

所谓危险思想，就是想把常识付诸实行的思想。

恶

艺术气质的年轻人发现"人性之恶"，往往比任何人都要迟。

二宫尊德[①]

我记得，小学课本里特别描述了二宫尊德的少年时代。据说，成长于贫穷人家的尊德白天帮忙干农活，晚上编草鞋，一边像大人似的忙活，一边坚持自学。如同坊间所有的通俗励志例子那样，这是一个感人的故事。实际上，还不满十五岁的我被尊德的志气所感动的同时，甚至为自己没有生于尊德那样的穷人家而感到遗憾……

然而，这个励志故事给予尊德名誉的同时，当然也损

[①] 二宫尊德（1787—1856），通称金次郎，日本江户时代后期农政家和思想家，在日本近代被树立为"勤勉、节俭、孝行、忠义"的国民道德典范。

害了尊德父母的名声。他们没有给尊德提供任何受教育的机会。不，毋宁说，他们一直在制造障碍。在身为父母的责任上，必须说这是一种耻辱。但是，我们的父母和教师天真地忘记了这个事实。尊德的父母酗酒也好，赌博也罢，关键只在于尊德。在任何情况下，尊德历尽艰辛，不荒废学业。我们少年人必须培养尊德这样的勇猛之志。

我近乎惊叹他们的利己主义。的确，他们有尊德这样一个兼为男仆的少年，这儿子绝对很值。然而，不足十五岁的我被尊德的精神所感动的同时，甚至为自己没有生于尊德那样的穷人家而感到遗憾，就像一个被锁住的奴隶渴望更粗的锁链一样。

奴隶

所谓"废除奴隶"，只是指废除身为奴隶的自我意识。似乎我们的社会没有奴隶，一天也难保安全。现实中，甚至那个柏拉图的共和国也预想存在着奴隶，未必是偶然。

又

将暴君称为暴君肯定很危险。而在今天，除了暴君之外，将奴隶称为奴隶，也同样是很危险的。

悲剧

所谓悲剧，就是下狠心去做感到羞耻的事情。为此，万众共鸣的悲剧起着排泄的作用。

强弱

所谓强者，是不惧敌人而惧怕朋友的人。轻而易举一招制敌，却反而婆婆妈妈害怕无意中伤及朋友。

所谓弱者，是不惧朋友却害怕敌人的人。为此，到处都发现有虚构的敌人。

S.M 的智慧

这是朋友 S.M 对我说的话：

辩证法的功绩——使之达到"总而言之都无聊"的结论。

少女——无论走到哪里，都是清冽浅滩。

早教——噢，那也行。对孩子们上幼儿园时就明白"智慧的悲哀"这件事，不至于负有责任。

追忆——遥远的地平线的风景画，已经完成了。

女人——据玛丽·斯托普斯夫人[①]说，女人至少贞洁到让丈夫每两周有一次感觉到情欲的程度。

年少时代——年少时代的忧郁，是对全宇宙的傲慢。

艰难玉汝——假如艰难困苦可以玉汝于成，则日常生活中，思虑深的男子实在成功不了。

我等该如何生存——留下一点儿未知的世界。

社交

一切社交自然都需要虚伪。假如没有丝毫虚伪，则古时的管鲍之交，也必生破绽吧。且不论管鲍之交，我们全都多多少少憎恶或者轻蔑我们的亲密朋友、知己。但在利害面前，憎恶肯定也收敛了锋芒，而轻蔑也越发满不在乎地倾诉虚伪。因此，为了我们与朋友知己最为亲密的交往，必须最彻底地具备相互的利害和轻蔑。这对于任何人来说，都是很困难的条件。否则我们老早就是很礼让的绅士，世界也早就出现黄金时代的和平了吧。

[①] 玛丽·斯托普斯夫人（1880—1958），英国性教育开拓者和避孕倡导者。

琐事

为了让人生幸福，必须爱上日常琐事。云上的光彩、竹子的摇曳、雀群的叽喳、行人的脸庞——必须从一切日常琐事中感觉到无上的甜蜜滋味。

为了让人生幸福？——然而，爱上琐事者，必因琐事而受苦。青蛙跃入庭园的古池塘，打破了百年愁吧？[①]但跃出古池塘的青蛙，也许就背上了百年愁。不，芭蕉的一生是享乐的一生，与此同时，在任何人眼中也是受苦的一生。我们细细品味，也必是细细受苦。

为了让人生幸福，必须苦于日常琐事。云上的光彩、竹子的摇曳、雀群的叽喳、行人的脸庞——必须在一切日常琐事之中，感受到堕入地狱的痛苦。

神

一切神的属性中，最令人同情的，是身为神不能自杀。

[①] 松尾芭蕉有著名俳句"古池，一蛙深入，有水声"，此处化用其意境。

又

我们发现了无数谩骂神的理由。但不幸的是,日本人不能像谩骂神那样,相信全能的神。

民众

民众是稳健的保守主义者。制度、思想、艺术、宗教——为了让民众什么都爱上,必须带上前一时代的旧色彩。所谓民众不爱民众艺术家,未必都是他们的罪过。

又

发现民众之愚,未必值得夸耀。而发现我们自身也是民众,总是值得夸耀的事情。

又

把民众变得更愚蠢,是古人的治国大道。仿佛还真有办法使之更加愚蠢——又或者更加聪明似的。

契诃夫的话

契诃夫在他的手记中谈论男女差别,说:"女人随着年龄增长,越发专注女人的事务;男人则随着年龄增长,越发远离女人的事务。"

但是,这位契诃夫还说,男女都随着年龄增长,自动地不与异性来往了。我必须说,这是三岁小儿也知道的事情,不仅如此,比起男女的差异,毋宁说更加显示了男女之间无差异。

服装

女人的服装至少是女人自身的一部分。启吉之所以没有陷入诱惑,当然也是凭着道德信念吧。但诱惑他的女人借穿了他妻子的衣服。假如没有借穿衣服,也许启吉也不会如此轻松地走出诱惑吧。

注:参阅菊池宽[1]的小说《启吉的诱惑》。

---

[1] 菊池宽(1888—1948),日本小说家、戏剧家,曾与芥川一起创办同人杂志。1935年,为纪念去世的友人,创立了文学奖"芥川奖",影响深远。

处女崇拜

我们为了娶处女为妻,在选择妻子上面不知经历过多少狼狈的失败,是时候抛弃处女崇拜了。

又

处女崇拜是知道了是处女的事实之后才开始的。亦即较之直率的感情,更重视细碎的知识。由此可见,必须称处女崇拜者为恋爱上的玄学者。所有处女崇拜者都一本正经,或许不是偶然吧。

又

当然,崇拜处女风韵是崇拜处女之外的东西。有人将二者视为同义词,恐怕是过于小看了女人的演戏才华了吧。

礼法

据说某女子学校的学生这样问我的朋友:

"接吻时究竟该闭眼,还是该睁眼?"

所有女子学校的课程中都没有关于恋爱的礼法,我也跟这位女生一样,感觉很遗憾。

贝原益轩[①]

我小学时就学习过贝原益轩的事迹。益轩曾和一名书生搭乘同一条船。书生颇为自负,说起古今学艺滔滔不绝。但益轩只是静听,一言不发。未几,船靠了岸,船中客人按例临别说出姓名。书生这才知道益轩,在一代大儒跟前,他难为情地为刚才的无礼道歉——我学习过这样的事迹。

当时的我从这个事迹中,发现了谦逊的美德。至少是为发现而努力过。但是,如今很不幸,未能从中发现丝毫的教训。我今天之所以对这个事迹有点兴趣,只是因为有如下一点点思考:

益轩一直沉默的侮辱,辛辣之极!

同船客人为书生蒙羞而喝彩,俗恶之极!

从年少书生的长篇大论中,益轩所不知道的新时代精神,生动活泼!

[①] 贝原益轩(1630—1714),日本儒学家、教育家,著有《慎思录》。

某种辩护

　　某新时代的评论家把"门可罗雀"的成语用在了"猬集"的意思解释上。"门可罗雀"的成语是中国人创造的,日本人使用时不必非沿袭其用法不可。假如可以通用,例如作为形容说,"她的微笑仿佛门可罗雀"也无妨。

　　甚至如果通用——万事都系于这个不可思议的"通用"上面。例如"私小说"也是这样吧?Ich-Roman 的意思就是使用第一人称的小说。那个"私"并不肯定就是指作者自身,但日本的"私"小说往往是将那个"私"作为作家自身的小说。不,有时视之为作家谈自身身世的作品,最后甚至连使用第三人称的小说,似乎也被称为"私"小说了。这当然是无视德国人的——或者是无视所有西洋人的新例。但是,全能的"通用"赋予这个新例以生命。成语"门可罗雀"也许和这个例子一样,不知不觉中产生了意外的新例。

　　如此一来,并不是某评论家特别缺乏学识,而是急于寻求时代潮流之外的几个不起眼的新例。那位评论家所受到的揶揄——总而言之,所有的先知先觉者往往必须甘于薄命。

限制

　　天才都被各自某种难以逾越的限制所约束。发现那种限制，多少会有点寂寥。然而，这感觉不知不觉中反而给你亲切感。恰如分清竹子是竹子，爬山虎是爬山虎一样。

火星

　　询问火星上有没有居民，是询问有没有我们这种有五感的居民在居住。但是，生命未必局限于以具有我们的五感为条件。假如火星的居民是超越我们五感的存在，也许今晚也就有一群他们的人与吹黄了悬铃木叶子的秋风一道，来到银座。

布朗基[①]之梦

　　宇宙无限大。而构成宇宙的东西，不过是六十多种元素。这些元素的结合即便是不计其数，毕竟脱离不了有限。于是，为了由这些元素构造出无限大的宇宙，除了尝试所有

[①] 布朗基，即路易·奥古斯特·布朗基（1805—1881），法国革命家、社会主义者，以其布朗基主义闻名，目标是通过少数精英革命家起义，建立政权。

的结合之外，还必须将所有结合反复进行无限次。这么一来，我们所栖息的地球——如此结合而来的地球，也仅仅是太阳系中的一颗行星，这样的行星应该无限地存在着。这个地球上的拿破仑取得马伦哥大捷。而沉浮于茫茫太虚的其他地球上的拿破仑，也许就在同一场马伦哥之战中大败……

这是六十七岁的布朗基梦见的宇宙观。且不论其观点对错，只是布朗基在监狱里写下这样的梦境时，他已对一切革命绝望了。只有这一点时至今日仍留在我们心底，令人心有戚戚。梦已在地上消散。我们为了寻求安慰，必须将辉煌的梦想转移至亿万里外的天上——悬于宇宙之夜的第二地球上。

庸才

庸才的作品即便是大作，也必类似于没有窗户的房间，完全无从展望人生。

机智

机智是欠缺三段论方法的思想。他们的所谓"思想"，是欠缺思想的三段论方法。

又

厌恶机智的念头,植根于人类的疲劳。

政治家

政治家比我们大众更能夸耀的政治知识,只是乱纷纷的事实的知识而已。如同知道某党的某领袖戴何种帽子,全是这种相差无几的知识。

又

所谓"理发店政治家",是没有这种知识的政治家:若论见识,未必劣于政治家;且富于超越利害的热情,又往往比政治家高尚。

事实

然而,乱纷纷的事实知识,往往是民众所爱。他们最想知道的,并不是所谓爱是什么,而是基督是不是私生子。

武者修业

我一直以为,所谓"武者修业",是与四方剑客较量、切磋武艺。但时至今日来看,其实是为了发现天下没几个人有自己强。——《宫本武藏传》读后

雨果

遮蔽全法国的一片面包。而且怎么看,都感到奶油抹得不大够。

陀思妥耶夫斯基

陀思妥耶夫斯基的小说充满了幽默画。不过,大半的幽默画,都肯定让恶魔陷入抑郁。

福楼拜

福楼拜教我,存在"美丽的无聊"这回事。

莫泊桑

莫泊桑像一块冰,不过有时也像一块冰砂糖。

爱伦·坡

爱伦·坡在创作斯芬克斯之前研究过解剖学。震撼爱伦·坡后代的秘密,就藏在这个研究之中。

森鸥外

鸥外先生毕竟是个在军装上佩剑的希腊人。

某资本家的逻辑

"艺术家卖艺术也好,我卖蟹肉罐头也好,照理没什么不同。但是,艺术家说起艺术,就觉得是天下的宝贝似的。要是学他们,我也非得为一罐六十钱的蟹肉罐头而自豪啦。不肖行年六十一,还一次都没像艺术家那样,荒唐地自我陶醉过。"

批评学

致佐佐木茂索君[①]:

一个好天气的上午,Mephistopheles(靡菲斯特[②])化身博士,在某大学的讲坛上讲一堂批评学的课。不过,这种批评学不是Kant(康德)的Kritik(批判)那种,只是如何评论小说或者戏曲的学问。

"诸君,上周我说过的内容,不知大家是否已经理解,所以,今天将进一步解释'半肯定论法'。要说'半肯定论法'是什么,请读这里,说得分明:是半肯定一部作品的艺术价值的论说方法。但是,这里所谓的'半',必须是'较差的一

[①] 佐佐木茂索(1894—1966),日本记者、小说家,曾师从芥川,参与了"芥川奖"的创立。
[②] 靡菲斯特,德国16世纪民间传说《浮士德》中恶魔的名字。

半'。肯定'较好的一半',对这种论说方法相当危险。

"例如,试将这个评论方法用于日本樱花上面吧。樱花的'较好的一半'是色彩和形状之美。可为了运用这一方法,较之'较好的一半',必须肯定'较差的一半'——樱花的香气。也就是说,要断案为'确实有香味。嗯,仅此而已'。万一肯定的不是'较差的一半',而是'较好的一半',会出现什么破绽呢?'色彩和形状真美。嗯,仅此而已。'——这么一来,就一点也没有贬低樱花了。

"批评学的问题,在于如何贬低某部小说或者戏曲。但是,这一点没有必要现在再来强调。

"那么,这个'较好的一半'和'较差的一半'以什么标准区别呢?为了解决这种问题,必须回溯到常常提到的价值论。价值并非像以往相信的那样,存在于作品之中,价值就存在于鉴赏作品的我们心中。于是,'较好的一半'或'较差的一半'就必须以我们的心为标准,或者以某一时代民众所爱为标准,加以区别。

"例如,今天的民众不喜欢日本式花草,也就是说,日本式花草是坏东西。另外,今天的民众喜爱巴西咖啡,也就是说,巴西咖啡肯定是好东西。某件作品的艺术价值的'较好的一半'或'较差的一半',当然也必须像这些例子那样作区别。

"不运用这个标准,而寻求真呀善呀美呀其他标准,是最滑稽的时代错误。诸君必须像对待一顶发红的草帽一样，抛弃旧时代。善恶不超越好恶，好恶即是善恶，爱憎即是善恶——这不局限于'半肯定论法'，是有志于批评学的诸君绝不可忘记的法则。

"所谓'半肯定论法'大体如上所述。最后要提请注意的是'仅此而已'这句话。这句'仅此而已'非用不可。第一，既然'仅此而已'，'此'即是肯定了'较差的一半'，这是确实的。但是，第二，否定了'此'以外的东西，这也是确实的。亦即'仅此而已'这句话，必须说是颇具一扬一抑之趣。更加微妙的是第三，它甚至隐约之间否定了'此'的艺术价值。当然了，即便说是否定，并没有解释为何要否定，只是言外之意否定了——这是'仅此而已'这句话最为显著的特色。既显又晦，既肯定又否定，这正是'仅此而已'之谓吧。

"我认为，这个'半肯定论法'较之'全否定论法'或者'缘木求鱼论法'更容易博得信用。所谓'全否定论法'或者'缘木求鱼论法'，上周已经讲过，为了慎重起见，这里重提一下：通过一件作品的艺术价值本身，来全部否定其艺术价值的论法。例如，要否定某部悲剧的艺术价值，不妨加以责难：悲惨、不快、忧郁等。又或者反过来使用这些责难，斥责其欠缺幸福、愉快、灵巧等。另一个名称'缘木求鱼论法'，是指后面举出的情况。'全否定论法'或者'缘木求鱼论法'虽然很痛快，但有时可能引来失之偏颇的怀疑。

但是,'半肯定论法'总之是半认可了一件作品的艺术价值,所以容易获得公平对待。

"下面派发一下作业——佐佐木茂索的新作《春天的外套》,下周之前用'半肯定论法'分析佐佐木先生的作品。(这时,一名年轻的旁听生提问:"老师,用'全否定论法'分析不行吗?")不,先不用'全否定论法'分析。佐佐木是名声不错的新进作家,我觉得还是得用'半肯定论法'进行分析……"

★ ★ ★

一周之后,获得最高分的答案揭晓,如下:
"写作颇为精巧。嗯,仅此而已。"

父母和孩子

父母养育孩子是否适合,这是一个疑问。诚然,牛马肯定是父母喂养大的。但是,借自然之名为这一旧习作辩护,的确是父母的任性。如果以自然之名,就可为任何旧习辩护,我们首先要为未开化人种的抢婚辩护。

又

母亲对孩子的爱,是最没有利己心的爱。但最没有利己心的爱未必就最适合养育孩子。这种爱给孩子的影响——至少大半影响,是使他做一个暴君,或者做一个弱者。

又

人生悲剧的第一幕,始于成为父母子女。

又

古往今来,太多的父母重复着这句话:"我毕竟是失败了。但是,我无论如何必须让这孩子成功。"

可能

我们并不能实现想做的事,只是做能做的事而已。这不仅仅是我们个人,我们的社会也同样。恐怕神也不能如愿地创造这个世界吧。

摩尔的话

乔治·摩尔[①]在《我的临终备忘录》里头有这样的话："伟大的画家对写下名字的地方十分慎重，绝不会在相同地方第二次写名字。"

当然，"绝不会在相同地方第二次写名字"，对于任何画家来说都是不可能的。但是，这不必责备。我感到意外的，是"伟大的画家对写下名字的地方十分慎重"这句话。东洋画家一向不小看落款之处。说"注意落款之处"是陈套话。想到摩尔特别提及这一点，不由得感觉到东西方的差异。

大作

将大作混同于杰作，的确是鉴赏上的物质主义。大作不过是计时工资的问题而已。较之米开朗琪罗的壁画《最后的审判》，我更喜欢伦勃朗六十多岁的自画像。

[①] 乔治·摩尔（1852—1933），英国自然主义诗人、小说家，有代表作《一个年轻人的自白》。

我喜爱的作品

我喜爱的作品——文艺作品，是能够感受到作家人性的作品。人性——将头脑、心脏、官能合而为一的人性。但是，不幸的是，大体上作家们都属有偏颇之人，欠缺某一方面。（只不过有时候也敬佩伟大的偏颇。）

看《虹霓关》

并非男人猎取女人，而是女人猎取男人——萧伯纳在《人与超人》中，把这个事实写成戏剧。但是，将这个内容写成戏剧，却并不自萧伯纳始。我看了梅兰芳的《虹霓关》，知道在中国也有戏曲家关注这个题材。不仅如此，《戏考》除了《虹霓关》之外，还说了好几个故事，例如女子为了猎取男人，还动用了孙吴[①]的兵略和剑戟。

《董家山》的女主角金莲、《辕门斩子》的女主角桂英、《双锁山》的女主角金定等，全都是这样的豪杰。更有《马上缘》的女主角梨花，不仅从马上俘获她所爱的少年将军，还不管对方已有妻室，硬逼成亲。胡适先生这样对我说："除了《四进士》之外，我甚至要全面否定京剧的价值。"但

---

① 孙吴，指中国春秋时期的兵法家孙武和吴起。

是，这些京剧至少是相当具有哲学性的，哲学家胡适先生在这种价值面前，多少也缓解了他的雷霆之怒吧？

经验

光凭经验行事，就像是不考虑消化能力，只看食物。与此同时，不把经验当一回事，光凭着能力行事，也有好比不考虑食物，只看消化能力的问题。

阿喀琉斯

据说希腊英雄阿喀琉斯除了脚踵，就是不死身——也就是说，为了了解阿喀琉斯，必须知道阿喀琉斯之踵。

艺术家的幸福

最幸福的艺术家是晚年大红的艺术家。念及这一点，国木田独步也未必是不幸的艺术家。

老好人

女人并不常常要老好人做丈夫,但男人往往要老好人做朋友。

又

老好人最像天上的神。首先是适合说欢喜之事,其次是适合发牢骚,第三是可有可无。

罪

所谓"憎其罪而不憎其人"[①]未必难做到。大多数孩子都对大多数父母认真践行着这个格言。

[①] "憎其罪而不憎其人",出自《假名手本忠臣藏》的台词。参阅孔鲋《孔丛子》"古之听讼者,恶其意不恶其人"。

桃李

"桃李不言,下自成蹊"确实是智者之言。

不过,并不是"桃李不言",其实是"如果桃李不言"。

伟大

民众喜爱被伟大人格和伟大事业所笼络,但有史以来,却未曾喜爱过直面伟大。

广告

《侏儒的话》十二月号的"致佐佐木茂索君"并不是贬低佐佐木君,而是嘲笑不认可佐佐木君的批评家。这种事情广而告之,也许小看了《文艺春秋》读者的头脑。但是,据说某批评家实际上认准了是贬低佐佐木君。而且,还听说这位批评家的追随者也不少。为此我要广告一句:予以公开并非我本意,其实是前辈里见君[①]煽动的结果。对这条广告生

[①] 里见君,即里见弴(1888—1983),日本小说家,与其兄有岛武郎、有岛生马皆为日本白桦派文学代表人物。

气的读者们，请务必谴责里见君吧。

《侏儒的话》作者

补充广告

之前发出的广告中，有"请务必谴责里见君吧"的话，这当然是我开的玩笑。实际上不加以谴责也无妨。我在敬服某批评家代表的一批天才之余，似乎变得比平时要神经质了。

同上

再补充广告

之前发出的补充广告中，有"敬服某批评家代表的一批天才"的话，这当然说的是反话。

同上

艺术

王世贞说，绘画之力三百年，书写之力五百年，文章之力千古无穷。但是，从敦煌发掘的东西来看，书画历经五百年之后，似乎依然保持其力量。不仅如此，文章是否千古无穷一直保持力量则存疑。观念并不能够超然于时间支配之外。我们的祖先使"神"这个词模仿了一个衣冠束带的人物，但是我们使相同的词模仿了一个长须的西洋人。这并不限于神，必须认为它可发生于任何事情。

又

我记得曾看过东洲斋写乐①的肖像画。画中人物在胸前打开一把光琳派②画的绿色扇面。那肯定加强了整体色彩效果。但在放大镜下细看，那绿其实是产生铜绿的金色。我从这一幅写乐作品感受到美，这是事实。然而我感觉到的不同于写乐捕捉的美，这也是事实。必须认为，这样的变化在文章上也会发生。

---

① 东洲斋写乐（生卒年不详），日本江户时代的浮世绘画家，擅画人物肖像。
② 光琳派，日本桃山时代后期兴起并活跃到近代的造形艺术流派，特色之一是使用金银箔做背景。

又

艺术也跟女子一样。为了看起来最美，必须笼罩于一个时代的精神氛围或者流行之中。

又

不仅如此，艺术在空间上也要负轭前行。为了爱某国民的艺术，必须知道某国民的生活。英国特命全权公使萨·鲁萨埃夫柯德·柯尔科克在东禅寺受浪人袭击，他对于我们日本人的音乐，只感觉到是噪音。他写的《在日本三年》有这样一节："我们登上山坡途中，听见接近于歌手美妙声音的莺声。据说日本人教莺唱歌。如果这是真的，实在令人吃惊，因为原本日本人本身并不懂得教音乐这回事。"（第二卷第二十九章）

天才

所谓天才，与我们仅隔一步之遥。只是为了理解这一步，必须明白行百里路半九十九这种超数学之理。

又

所谓天才，与我们仅隔一步之遥。同时代往往不理解一步千里这回事，后代则盲目理解这一步千里。同时代为此杀害了天才，后代则又为此在天才跟前焚香。

又

难以置信民众吝于承认天才。但是，其承认方式往往颇为滑稽。

又

天才的悲剧是他被赋予"精致小巧的好名声"。

又

耶稣："我虽已经吹笛，但你们不起舞。"
他们："我们虽已跳舞，但你仍不知足。"

谎言

无论在何种场合，对不拥护我们利益的人，我们不应投下"干净的一票"。用"天下利益"置换"我们的利益"，是所有共和制度的谎言。必须认为，唯有这一谎言，是苏维埃治下也消灭不了的东西。

又

假如取互为一体的两个观念，推敲其接触点，诸君将发现它是如何被多个谎言所供养着的吧。因此一切成语往往是一个问题。

又

给予我们社会合理外观的，其实不正是不合理——其极其严重的不合理吗？

赌博

偶然与神搏斗的人,往往充满神秘的威严。赌博者也不例外。

又

自古以来,热衷赌博的人从没有厌世主义者,显示了何等酷似赌博的人生。

又

法律禁赌,并不是因为按赌博分配财富本身不对,实际上只是因为它在经济上太业余而不对。

怀疑主义

怀疑主义也是站在一个信念之上的——不怀疑自己的怀疑。也许这是自相矛盾的。但是,怀疑主义同时也怀疑有一种完全不站在信念之上的哲学。

正直

假如自己变得正直，我们随即会发现任何人都不正直。为此我们不能不为变得正直而不安。

虚伪

我知道一个撒谎者，她比谁都幸福。但因为撒谎技巧高超，你只能认为，她说真事时也在撒谎。这一点在任何人眼中确实都是她的悲剧。

又

我也像所有艺术家一样，毋宁是擅长撒谎的。但我总是输她一筹，毫无办法。她确实记得去年的谎言，就像是五分钟前说的。

又

很不幸我知道了：有时候，真实的东西不凭借撒谎，就说不出来。

诸君

诸君害怕年轻人为了艺术而堕落，但是请放心吧，他们并不像诸君那么容易堕落。

又

诸君害怕艺术毒害了国民，但是请放心吧，至少艺术绝不可能毒害诸君。要毒害不理解两千年来艺术魅力的诸君，那是绝对不可能的。

忍耐服从

忍耐服从是浪漫的卑躬屈膝。

企图

做成一事未必困难。想做之事往往困难,至少想要做成就难。

又

想要知道他们企图的大小,就要根据他们已做成的事,看他们想要成就的事。

兵卒

理想的士兵必须即使不愿意也绝对服从长官的命令。绝对服从就是绝不评论。也就是说,理想的士兵首先必须丧失理性。

又

理想的士兵必须不愿意也绝对服从长官的命令。绝对服从就是绝对不负责任。也就是说，理想的士兵首先必须喜欢没有责任。

军事教育

所谓"军事教育"，毕竟只是给予军事用语的知识。其他知识或训练未必需要特地等待军事教育之后才获得。现实中，甚至在海陆军的学校，不用说都雇用了机械学、物理学、应用化学、语言学等方面的专家，还分别雇用了剑道、柔道、游泳等领域的专家。而且进一步想想，军事用语不同于学术用语，大部分是通俗用语。于是，必须说，所谓军事用语事实上是没有的。事实上没有的东西的利害得失，理所当然不成为问题。

勤俭尚武

没有比"勤俭尚武"这个成语更没有意义的了。尚武是国际性奢侈。现实中，列强不正为军备耗费巨资么？必须说，假如所谓"勤俭尚武"不算痴人之谈，那么所谓"勤俭游荡"也说得通了。

日本人

认为我们日本人两千年来忠君孝亲,与认为猿田彦命[1]也化了妆是同样的事情。是时候还历史事实于本来面目了吧?

倭寇

倭寇显示了我们日本人也有足够能力与列强为伍。我们在偷盗、杀戮、奸淫等方面,绝不下于来探求"黄金岛"[2]的西班牙人、葡萄牙人、荷兰人、英国人等。

《徒然草》

我时不时被人这样问:"想必您喜欢《徒然草》吧?"但是很不幸,我迄今没认真读过《徒然草》。坦白地说,《徒然草》为何名气如此之大,对我来说几乎莫名其妙。即便我承认,初中程度的教材收入它也很合适。

---

[1] 猿田彦命,日本神话中的神,形象怪异。
[2] "黄金岛",马可·波罗曾在游记中把日本称为"黄金岛"。

征候

恋爱的征候之一,是想她过去爱过几个男人,或者爱过怎样的男人,对虚构的这几个人感到漠然的妒忌。

又

恋爱的又一征候,是对发现与她相似的面孔变得极度敏锐。

恋爱与死亡

想到恋爱的死,也许拥有进化论上的根据。蜘蛛或者蜂在交尾结束时,雄性立即被雌性杀死。我观看意大利流浪艺人的歌剧《卡门》演出时,感觉卡门的一举一动十分像蜂。

替身

我们往往为了爱她,将她以外的女人作为她的替身。落入如此地步,并不限于她拒绝我们的场合。我们有时因为怯懦,有时又因为美方面的要求,才将另一个女人作为这种残酷安慰的对象。

结婚

结婚在调节性欲上有效,但不在调节恋爱上有效。

又

他二十多岁结婚之后,再也没有坠入情网。真是俗不可耐!

忙碌

将我们从恋爱中拯救的,与其说是理性,毋宁说是忙碌。要完全展开一场恋爱,最重要的是有时间。想想看,自古以来的恋人——维特、罗密欧、特里斯坦,他们全都是闲人。

男子

男子一向尊重工作多于恋爱。假如怀疑这个事实，不妨读一下巴尔扎克的书信。巴尔扎克给韩思嘉伯爵夫人写道："此信若换算为稿费，超过了×法郎。"

礼仪

从前出入我家的女发型师有一种不输男子的气概，她有一个女儿。我现在还记得那个十二三岁脸色苍白的姑娘。女发型师对教女儿规矩很严厉，尤其是要求睡觉头不离枕，似乎这姑娘每次都要因此受惩罚。近来突然听说，姑娘震灾前已经做了艺伎。我听说时，虽略有伤感，但不由得微笑起来。想必她成为艺伎，也像母亲严格要求的那样，至少睡觉头不离枕了吧……

自由

谁都寻求自由，但这只是表面而已。实际上，在心底里，谁都丝毫不寻求自由。其证据就是：甚至是一个无赖汉，在夺去他人性命上都没有丝毫迟疑。他嘴里不是说了吗：为了完美无缺的国家，我杀了某某。但是，所谓自由，是我们的行为没有任何拘束，即便神也好，道德也好，或者社会习惯也好，都不屑与之负上连带责任。

又

自由类似山巅的空气，二者都是弱者不堪承受的。

又

真正目睹自由，就是直接看诸神的面孔。

又

自由主义、自由恋爱、自由贸易——每一个"自由"，都不巧在杯里混杂了许多水，而且大都混的是积水。

言行一致

为了得到言行一致的美名,首先必须擅长于自我辩护。

方便

即便有不欺一人的圣贤,也没有不欺天下的圣贤。佛家所谓"善巧方便",毕竟是精神上的马基雅维利主义。

艺术至上主义者

自古以来,热烈的艺术至上主义者大抵是艺术上的阉割者。正如热烈的国家主义者大抵是亡国之民一样——我们都不要自身已拥有的东西。

唯物史观

假如任何小说家都必须立足于马克思的唯物史观来写人生,同样地,任何诗人都必须立足于哥白尼的地动说讴歌日月山川，于是，"太阳西沉"的说法就要被"地球以几度几分旋转"取代，这不见得总是优美的吧。

中国

萤火虫的幼虫吃蜗牛的时候，不是把蜗牛完全杀死。它为了总吃新鲜肉，只是把蜗牛麻痹了而已。以我日本帝国为首，列强对于中国的态度，无异于萤火虫对蜗牛的态度。

小说

所谓正牌的小说，并不单单是在事件的发展上很缺少偶然性，恐怕于人生之上，也是偶然性很少的小说。

文章

文章中的语言词汇，必须比它们在辞书中更美。

又

他们都像高山樗牛[1]那样,嘴里说着"文如其人",但在内心,看来并不认为"文如其人"。

女人的脸

女人被热情驱动时,不可思议地呈现少女的脸庞。不过,那也不妨是对于一把阳伞的热情。

处世智慧

灭火不如纵火易。这种处世智慧的代表性拥有者,的确就是《漂亮朋友》[2]的主人公吧。即便相恋时,他已在认真考虑分手了。

---

[1] 高山樗牛(1871—1902),日本评论家,一生思想多变,反映了当时的军国主义和国粹主义风潮。

[2]《漂亮朋友》,法国小说家莫泊桑(1850—1893)所著长篇小说,故事主人公杜洛瓦依仗自己的漂亮外貌和取悦女人的手段,勾引上流社会的女子作为跳板,走上飞黄腾达的道路。

又

假如单论处世,则不患热情不足。相较之下,危险的显然是冷淡不足。

恒产

无恒产者无恒心,这是约两千年前的事情了。在今天,似乎是有恒产者无恒心。

他们

我其实惊叹于他们夫妇没有恋爱便相拥度日。但不知为何,他们夫妇惊叹于一对恋人相拥而死。

产生自作家的言辞

文坛上盛行"晃晃欲坠""高等游民""露恶家""平平之辈"等言辞,始于夏目老师。这种产生自作家的言辞,在夏目老师之后仍有。久米正雄君的"微苦笑""顽强地怯懦"是最有名的吧。另外还有宇野浩二君①写的"等、等、等"。我们并不经常有意识地致敬,不仅如此,有时候还有意识地致敬与之为敌和以之为怪、为犬者。在骂某作家的文章中,甚至出现产生自该作家的言辞,这也许并不偶然。

幼童

我们究竟为何会爱幼童?至少一半的理由,是因为没有被幼童欺骗的担心。

又

我们愉快地展示自己的愚蠢而不以为耻,只是在面对幼童或者猫狗之时而已。

---

① 宇野浩二(1891—1961),日本小说家,与芥川交往密切。

池大雅

"大雅乃相当闲散之人,其疏于世情者,以其迎娶玉澜为妻时仍不知夫妇交合,可略知其人。"

"大雅娶妻却不知夫妻之道这样的逸事,要说脱俗有趣确是有趣,但若说是完全没有常识的蠢事,也成立吧。"

相信这种传说的人,就像这里引用的文章,今天仍留在艺术家和美术史家中间。大雅娶玉澜时也许没有交合,但是,因此就相信他不知交合的话——论者当然是自身性欲强烈之余,又确信大雅不做就交不了差的吧。

荻生徂徕[①]

荻生徂徕以嚼煎豆、骂古人为快。我相信他嚼煎豆是为了节俭,但一向不知他为何要骂古人。但是,今天想来,那是因为骂古人的确比骂今人要安全无碍。

[①] 荻生徂徕(1666—1728),日本江户时代中期哲学家、儒学家,吸引了大批追随者,建立了徂徕学校。

小枫树

只要手扶树干,簇生于枝梢的叶芽便像神经一样震颤。虽说是植物,却令人惊悚!

蟾蜍

极美的石竹色,的确就是蟾蜍舌头的颜色。

乌鸦

在某个雪霁的薄暮,我看见一只纯蓝色的乌鸦,停在邻居屋顶。

作家

做文章最不可缺的是创作热情。而燃起创作热情所不可或缺的,是一定程度的健康。轻视瑞典式体操、素食主义、复方淀粉酶等事物的人,其志不在于做文章。

又

做文章的人，无论他是怎么样的城市人，其灵魂深处必须拥有一个野蛮人。

又

想做文章却自感羞愧，乃是一种罪恶。在自感羞愧的心灵上，生长不出任何独创的萌芽。

又

蜈蚣：你试试用脚走路吧。
蝶：嘿，你试试用翅膀飞翔吧。

又

气韵是作家的后脑勺，作家自己看不见。假如硬要看，只能以折断颈骨告终。

又

批评家：你只会写劳作者的生活吧？
作家：有什么都能写的人吗？

又

自古以来一切天才，都在我们凡人的手够不着的墙壁钉子上，挂上了帽子。不过，并非没有垫脚凳。

又

但是，那种垫脚凳，却是任何古董店里都有的。

又

所有作家都具有老木匠的一面，但那不是羞耻。所有老木匠也都有作家的一面。

又

不仅如此,所有作家又都开着店。怎么,我不卖作品?那是没有买家的时候嘛,或者不卖也无妨的时候嘛。

又

也曾想过,演员或歌手的幸福,是他们的作品不留下来。

侏儒的话（遗稿）

辩护

较之为他人辩护，为自己辩护更难。怀疑者看律师吧。

女人

健全的理性命令："汝勿近女人。"
但是，健全的本能发出完全相反的命令："汝勿避女人。"

又

女人就是我们男子的人生本身，即诸恶之根源。

理性

我轻蔑伏尔泰。若始终坚持理性，我们就应该狠狠地诅咒我们的存在。但那却是陶醉在世界赞美之中的《赣第德》①作者的幸福！

自然

我们之所以爱自然，至少其原因之一，是自然不像我们人类那样会妒忌，会欺骗。

处世术

最聪明的处世之术，是一边轻蔑社会的因袭守旧，一边过着与社会的因袭守旧不矛盾的生活。

女人崇拜

崇拜"永恒女性"的歌德，确实是幸福者之一，但蔑视雌性野蛮人的斯威夫特只能发狂而死。这是女性的诅咒吗？抑或是理性的诅咒？

---

① 《赣第德》，伏尔泰所著哲学讽刺小说，于三天内写成。

理性

理性告诉我的,竟是理性的无力。

命运

命运与其说是偶然,毋宁说是必然。"命运就在性格之中",这句话绝不是轻易产生的。

教授

借用一个年轻医生的话:讲解文艺,必须用临床方式。而且他们未曾触摸过人生的脉搏。尤其是他们中的某些人宣称,即便懂了英法文艺,还是不懂生育他们的祖国的文艺。

知德合一

我们甚至不懂我们自己。更何况将我们所知付诸行动,更是难事。撰写了《智慧和命运》的梅特林克[①]也不懂智慧和命运。

艺术

最难的艺术,是自由地度过人生。不过,"自由地"的意思,并不一定是"厚脸皮地"的意思。

自由思想家

自由思想家的弱点是身为自由思想家,他最终不能够像狂热信仰者那样恶斗。

宿命

宿命也许是后悔之子——或者说,后悔也许是宿命之子。

[①] 梅特林克,即莫里斯·梅特林克(1862—1949),比利时剧作家、诗人、散文家,象征主义戏剧的代表作家,有代表作《青鸟》,1911年,获得诺贝尔文学奖。

他的幸福

他的幸福存在于他本身没有教养。与此同时,他的不幸也是——啊,多么无聊!

小说家

最好的小说家是"精通世故的诗人"。

言辞

所有语言都像钱币一样,具有两面。例如"敏感的"这个词的另一面,不过是"胆小的"的意思。

某唯物主义者的信条

"我不信神,但信神经。"

傻瓜

傻瓜总认为自己以外的所有人都是傻瓜。

处世的才能

总之,"憎恶"是处世才能之一。

忏悔

古人在神面前忏悔,今人在社会面前忏悔。于是,除了傻瓜和无赖,也许任何人都是不忏悔就不能承受世俗之苦。

又

但无论是哪种忏悔,信用如何则又是另一个问题了。

《新生》[1]读后

果真有过"新生"吗?

托尔斯泰

读过比鲁科夫[2]的《托尔斯泰传》,就很清楚托尔斯泰的"我的忏悔"和"我的宗教"显然是谎言。但是,继续说这个谎言的托尔斯泰,心灵更加受到伤害。他的谎言远较他人的真实更鲜血淋漓。

两个悲剧

斯特林堡[3]一生的悲剧,是"随意观览"的悲剧。但托

---

[1] 《新生》,日本作家岛崎藤村(1872—1943)的自传性长篇小说,书中揭露了岛崎与侄女的不伦恋,受到社会舆论的批评。芥川在小说《某傻子的一生》表达了对岛崎的不齿:他从未遇到过像《新生》主人公那种老奸巨猾的伪善者。
[2] 比鲁科夫(1860—1931),毕业于库兹涅佐夫海军学院,俄罗斯传记作者、活动家,后入籍瑞士。
[3] 斯特林堡,即奥古斯特·斯特林堡(1849—1912),瑞典剧作家、小说家,一生写了62部剧本,被视为现代戏剧之父。

尔斯泰一生的悲剧，不幸并不是"随意观览"。也就是说，后者比前者更加悲剧地结束。

斯特林堡

他无所不知，而且无所顾忌地予以揭穿。任何事情都无所顾忌地——不，他也像我们那样，多少有所盘算吧。

又

斯特林堡在《传说》中说，他做过死亡是否痛苦的实验。但是，这样的实验不是做游戏。他也是"想死掉而没能死掉"的一人。

某理想主义者

对自己是现实主义者这一点，他丝毫没有疑问。但是，这样的他未免理想化了他自己。

恐惧

我们之所以拿起武器,是因为总对敌人怀有恐惧,而且往往是对虚构之敌怀有恐惧。

我们

我们都为我们自己羞耻,同时又恐惧他们。但谁也不会直率谈论这一事实。

恋爱

恋爱只不过是性欲的诗意表达。至少,不是诗意表达的性欲,不值得称为"恋爱"。

某老练之人

他不愧为老练之人。他甚少恋爱,但一恋爱就出丑闻。

自杀

人所共通的唯一情感,是对死亡的恐惧。道德上对自杀评价不高,未必是偶然的。

又

蒙田对自杀的辩护包含着几分真理。不自杀者并非不想干,而是干不了。

又

想死的话,随时都能死吧。
那你试试?

革命

在革命之上再革命吧。这样的话,我们应该能比今天更合理地体验人世之苦。

死亡

梅因莱德尔[1]颇为正确地记述了死亡的魅力。实际上,我们一旦因某种机会感受到死亡的魅力,就不能轻易逃出其圈外。不仅如此,还像绕同心圆转圈似的,步步迫近死亡。

"伊吕波"假名歌[2]

我们生活中不可欠缺的思想,也许尽在"伊吕波"假名歌之中了。

命运

遗传、境遇、偶然——控制我们命运的东西就是这三者。窃喜者不妨欢喜,但是,啰唆其他就是僭越。

---

[1] 梅因莱德尔(1841—1876),德国哲学家,著有《解脱的哲学》,赞美自杀。
[2] "伊吕波"假名歌,相当于英语"ABC"字母歌。

嘲笑者

嘲笑别人的人，同时又害怕被别人嘲笑。

某日本人的话

给我鸡尾酒吧。要不然就给我言论自由！

人性化的、过于人性化的

人性化的、过于人性化的东西，的确大都是动物性的。

某才子

他相信，自己有可能变成无赖，但不可能变成一个傻瓜。但过了几年看看，自己不但丝毫没能变成无赖，还总是充当傻帽。

希腊人

把复仇之神放在朱庇特（宙斯）之上的希腊人呵！你们洞悉一切。

又

但是，这也显示了我们人类进步得多么迟缓。

圣经

一个人的智慧不如一个民族的智慧。只是，若能再简洁一点的话……

某孝子

他对母亲尽孝，明知爱抚和接吻对寡妇母亲有性的安慰。

某恶魔主义者

他曾是恶魔主义诗人。当然在现实生活中,仅仅一次迈出安全地带之外,他便胆怯畏缩,再也不敢了。

某自杀者

为了某件琐碎之事,他决心自杀。但为了那么点事情自杀,他的自尊心很受伤。他手持手枪,傲然自语道:"即便是拿破仑,被跳蚤咬的时候,肯定也是痒的。"

某左倾主义者

他居于最左翼的左翼,于是就连最左翼也轻蔑。

无意识

我们性格上的特色——至少最为显著的特色,超越了我们的意识。

夸耀

我们最想夸耀的,只是我们所不具有的东西。实例:T的德语很熟练,可放在他桌上的,总是英语书。

偶像

所有人都对破除偶像没有异议。与此同时,又对把自己树为偶像没有异议。

又

然而,并不是谁都能够大大方方成为偶像的,除非天命。

天国之民

天国之民首先不该有胃和生殖器。

某幸福人士

他比谁都要单纯。

自我憎恶

最显著的自我憎恶征候，是在一切东西上找到谎言。不，并不仅仅如此，还在发现谎言上丝毫不感到满足。

外观

最大的懦夫看起来更像是最大的勇士。

人性的

我们人性的特色，是会犯神绝不犯的过失。

惩罚

没有比不被惩罚更痛苦的惩罚了。假如是神明保证其绝不会受到惩罚，那就另当别论。

罪

在道德以及法律范围内进行的冒险行为——罪毕竟就是这么回事。也就是说，并非任何罪都不带有传奇色彩。

我

我没有良心，我有的只是神经而已。

又

我时不时觉得别人"死掉就好了"。而这"别人"之中，甚至也有骨肉至亲。

又

　　我时不时这样想:"假如像我钟情于那女子时她也钟情于我那样,我讨厌她时她也讨厌我,那就好了。"

又

　　我年过三十之后,总是一有恋爱的感觉就拼命作抒情诗,但未深入便退却。但这并非我在道德上的进步,只是因为心中有个算盘而已。

又

　　无论多么爱的女子,聊上一个小时后,都好无聊。

又

　　我时不时撒谎。写成文字时还过得去,但从我口中说出来的谎言则极为拙劣。

又

我对于与第三者共有一个女人没有怨言。但是，不知是幸还是不幸，在第三者尚未知晓这一事实时，我常常莫名地一下子就对那女子感到憎恶。

又

我对于与第三者共有一个女人没有怨言，但条件是以下二者之一：必须与第三者是完全不见面、不相识的关系，或者是极为生疏的关系。

又

对瞒着丈夫爱第三者的女子，我仍可恋爱。但对不顾孩子而爱第三者的女子，则充满憎恶。

又

让我伤感的，唯有天真的孩子而已。

又

我三十之前曾爱上一名女子,那女子有一次对我说:"我对不起你太太。"我并不特别觉得愧对我妻子,但这句话奇特地渗透了我的心。我率直地这样想:"也许我也对不起这位女子。"唯有对她,我心中仍有柔情。

又

我对金钱颇冷淡,当然因为吃饱已不是问题。

又

我孝顺父母,因为父母均已上了年纪。

又

我对二三好友即便不是以实相告,也从不撒谎,因为他们也从不撒谎。

人生

即便是革命再革命,我们人类的生活除了"获选的少数"之外,总是暗淡的。而且所谓"获选的少数",不过是"疯子和无赖"的另一个名称。

民众

莎士比亚也好,歌德也好,李太白也好,近松门左卫门[①]也好,都要湮灭的吧。但是,艺术必定在民众之中留下种子。我在大正十二年这样写道:"即便玉碎,瓦也不碎。"时至今日,这一信念仍丝毫未动摇。

又

听那大锤的节奏吧!只要那节奏存在,艺术就永不灭。(昭和改元第一天)

[①] 近松门左卫门(1653—1724),日本江户时代的净琉璃和歌舞伎剧作家。

又

我当然是失败了。但创造我的东西,必定又会创造出某个人吧。区区一棵树枯萎不过是极小的问题,只要蕴藏无数种子的宽阔地面存在。(同上)

某夜的感想

睡眠比死亡更令人愉快,至少毫无疑问的是要容易得多。(昭和改元第二天)

大正十二年(1923)至昭和二年(1927)

附录：芥川龙之介年谱

1892—1927

1892年 出生

3月1日出生于日本东京，是父亲新原敏三的长子。因生于辰年辰月辰日辰时，取名龙之介。

10月，母亲阿福精神病发作，无力看顾孩子，因此龙之介被送到位于本所区的外婆芥川家。养父芥川道章是母亲的兄长，是当时东京府的土木课长。芥川家是士族家庭，文人气息浓厚。

芥川龙之介故居，位于今东京都中央区明石町10—11号

1897年 5岁

入读回向院旁边的江东小学附属幼儿园。

4岁的芥川龙之介

1898年 6岁

4月，入读位于本所六町的江东小学，体质偏弱，但学习成绩优异。

1902年 10岁

4月，与野口真道等同学一起创办传阅杂志《日出界》。喜爱读书，对中国古典文学十分感兴趣。

201

1903年　11岁　　　　　　生母去世后，父亲与生母的妹妹、龙之介的小姨结婚。

1904年　12岁　　　　　　2月，日俄战争爆发。
　　　　　　　　　　　　因生父与继母生下弟弟得二，新原家有了新的子嗣。
　　　　　　　　　　　　8月，生父废除龙之介的长子继承权，他入籍芥川家，正式被过继为芥川家的养子。养母养父与大姨对龙之介十分疼爱。

1905年　13岁

从江东小学毕业，入读位于本所柳原的东京府立第三中学。初中时代学业成绩优秀，汉文尤其出色。熟读尾崎红叶、国木田独步、夏目漱石、森鸥外等人的作品。在外国作家中，关注易卜生、阿纳托尔·法朗士等人。当时最喜欢历史学科，希望将来成为历史学家。

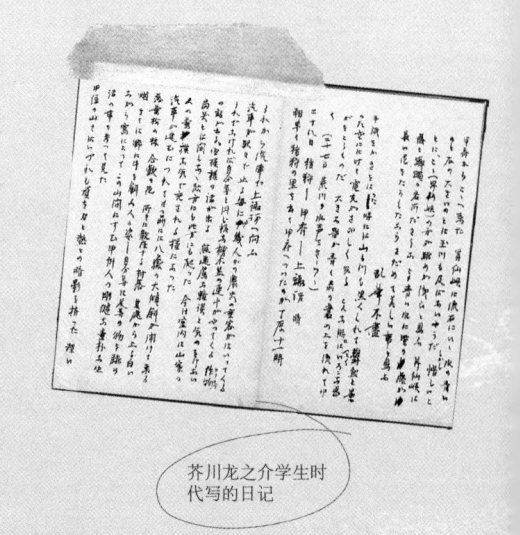

芥川龙之介学生时代写的日记

1910年 18岁

3月，从府立第三中学毕业。

9月，因成绩优异免试入读第一高等学校一部乙班（文科）。同年秋，芥川家移居新宿。

1911年 19岁

入住本乡的一高学生宿舍，度过一年的宿舍生活。作为认真学习的高中生，文质彬彬，爱读波德莱尔、斯特林堡、阿纳托尔·法朗士等人的作品。

波德莱尔（1821—1867），法国诗人
人生还不如一行波德莱尔。
——芥川龙之介

1912年 20岁

1月，动笔写《大川之水》，两年后发表。

7月30日，明治天皇驾崩，之后大正天皇即位（大正元年）。

1913年 21岁

7月，在27人中以第二名的成绩毕业于一高。

9月，入读东京帝国大学英文系。

大正时期东京帝国大学入学试题

203

1914 年　22 岁

2 月，与丰岛与志雄、久米正雄、菊池宽、山本有三、土屋文明等一起复刊《新思潮》同人杂志（此为该杂志第三次复刊）。并以"柳川龙之介"为笔名，在创刊号上发表翻译的叶芝及阿纳托尔·法朗士的作品。

与青山学院英语系的女生吉田弥生开始交往。

漱石山房，位于今东京都新宿区早稻田南町 7 号

1915 年　23 岁

年初，与吉田弥生的婚事遭到了家庭的强烈反对，芥川痛苦万分。在给友人的信中写道："究竟有没有无私的爱？"（1915 年 2 月 28 日，致恒藤恭）

11 月，在《帝国文学》上发表《罗生门》，但当时没有反响。

12 月，经同学林原耕三介绍出席漱石山房的"星期四聚会"，其后入夏目漱石门下。

1916年　24岁

2月，与久米正雄、菊池宽等一起复刊《新思潮》同人杂志（此为第四次复刊），并在创刊号上发表《鼻子》，此作受到夏目漱石赞赏，成为出道文坛之作。

7月，毕业于东京帝国大学英文系。

9月，在《新小说》上发表《山药粥》，得到好评。此后，他陆续发表短篇小说。

12月，到海军机关学校做特约教官，月薪60日元。同月9日，老师夏目漱石去世。

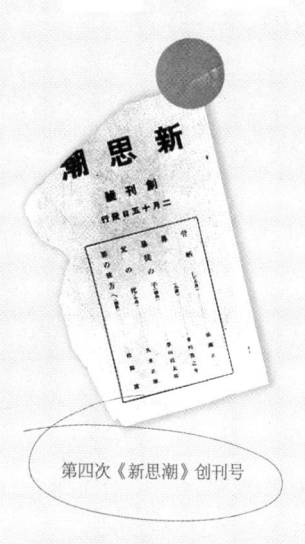

第四次《新思潮》创刊号

1917年　25岁

2月，对俳句产生兴趣。

5月，第一部短篇小说集《罗生门》由阿兰陀书房出版。

6月，谷崎润一郎、久米正雄、铃木三重吉等文坛中坚力量为《罗生门》举办了出版纪念会。

芥川龙之介（左二）与《新思潮》同人，后成为新思潮派文学代表人物

1918年　26岁

2月2日，与冢本文结婚。

3月，成为大阪每日新闻社社友，月薪50日元，稿酬标准照旧，条件是只为此一家报纸撰稿。其间热心于研究俳句。

7月，在《大阪每日新闻》发表《地狱变》，春阳堂将小说集《鼻子》收入"新兴文艺丛书"出版。

10月，在《新小说》上发表《枯野抄》。

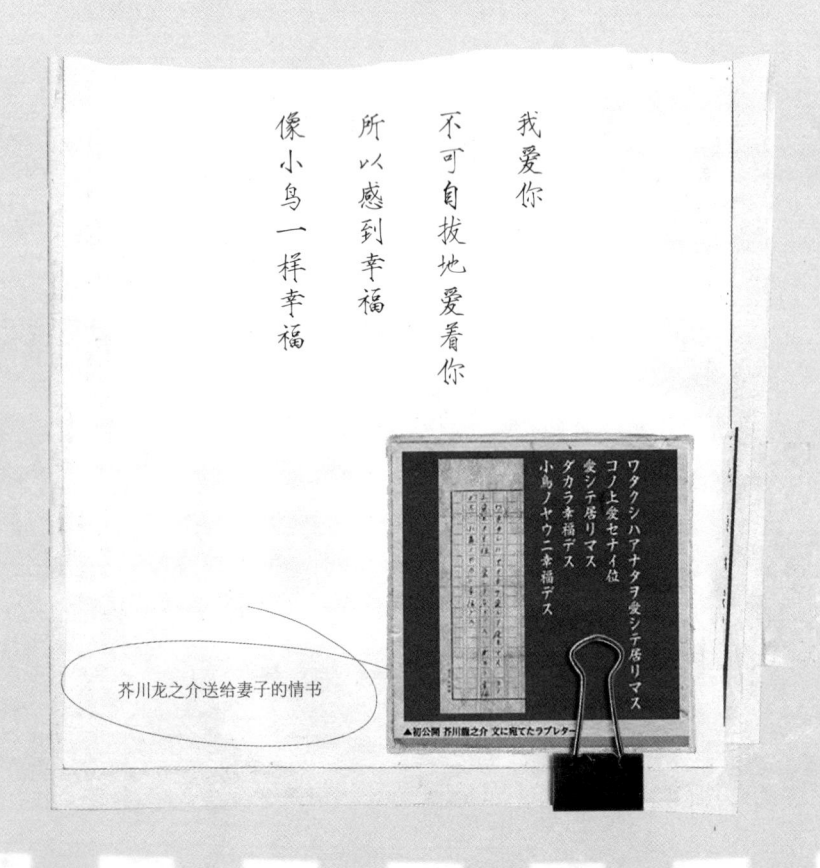

我爱你

不可自拔地爱着你

所以感到幸福

像小鸟一样幸福

芥川龙之介送给妻子的情书

1919年　27岁

3月16日，生父新原敏三患流感去世，享年68岁。

同月，从海军机关学校辞职。成为大阪每日新闻社特约职员，无须上班可领取月薪130日元，每年专为该报社写几篇小说，不取稿费。

4月28日，从镰仓再次搬回东京田端，与养父母住在一起。其在田端的书斋名为"我鬼窟"。

5月，与菊池宽一起游长崎，寻访基督教遗迹。

1920年　28岁

3月，长子出生，以"宽"字的万叶假名取名为"比吕志"。春，在上野"清凌亭"结识时年15岁的女招待佐多稻子。

11月，与久米正雄、菊池宽、宇野浩二等人一起去京都、大阪演讲旅行。

这一年，发表了《南京的基督》《杜子春》《影》等作品。

书斋中的芥川龙之介

1921年　29岁

　　3月，被大阪每日新闻社以海外观察员的身份派往中国。从上海出发，一路游览了杭州、苏州、扬州、南京和芜湖，然后溯江而上至汉口，游洞庭，访长沙，经郑州、洛阳前往北京。

　　7月底经朝鲜回国。这一年，发表了《秋山图》《往生画卷》《上海游记》等。

在北京身着长袍马褂的芥川龙之介

芥川龙之介《万竿烟雨之图》

1922年　30岁

　　4月，书斋改名为"澄江堂"。

　　4月25日至5月30日，再游长崎。

　　7月9日，文豪森鸥外去世。

　　11月，次子多加志出生。此时他身体衰弱，饱受疾病折磨。这一年，发表了《竹林中》《斗车》《六宫姬君》等作品。

1923 年　31 岁

1月，菊池宽创办《文艺春秋》，头版连载《侏儒的话》。
3—4月，到汤河原接受温泉治疗。
6月，有岛武郎殉情，深受触动。
8月，在山梨县清光寺暑期大学做有关文艺的演讲。
10月，经室生犀星介绍结识堀辰雄。
12月，在《中央公论》上发表《啊哈哈哈哈》，文风转变。

芥川经常光顾的丸善书店，位于日本东京都中央区日本桥

1924年　32岁

1月，在《新潮》上发表《一块土地》。

8月，在轻井泽避暑。

10月，叔父去世，所倚重的内弟冢本八洲亦患咯血。遭受痔疮、神经衰弱等病的折磨，身体更加虚弱。

芥川龙之介手绘河童图

芥川龙之介一家

1925年　33岁

4月，新潮社出版《现代小说全集》，《芥川龙之介》作为第一卷发行。在修善寺新井旅馆接受温泉治疗。

7月，三子也寸志出生。

8月下旬至9月，赴轻井泽。

10月，受兴文社所托编辑《近代日本文艺读本》全五卷完毕，但在收录作品和稿酬分配上有分歧，耗费心力。

11月，由改造社出版《中国游记》。健康状况恶化。

1926年　34岁

1月，为治胃病、神经衰弱、痔疮等疾病，待在汤河原至2月中旬。
4月，前往鹄沼，与妻子、儿子住在东屋旅馆静养。

1927年　35岁

新年伊始，姐姐家失火，住宅被烧毁，因该宅购买了巨额保险，姐夫西川丰被怀疑为纵火犯，西川丰在苦恼中卧轨自杀。姐夫死后，芥川为姐姐家所欠高利贷四处奔波，致使神经衰弱更加严重。
4月开始，在《改造》上连载《文艺的，过于文艺的》一文，与谷崎润一郎就"小说的思想"展开论战。
7月24日，在田端的卧室里服药自杀。
他枕边放着《圣经》和三封遗书（分别致妻子、孩子和菊池宽）以及《致一位旧友的手记》。
27日，在谷中火葬场举行葬礼。

1927年,在田端家中抱着长子比吕志的芥川龙之介

译者 | 林青华

日本文学翻译家，广东工业大学外国语学院副教授。
喜欢翻译的原因之一是可以独处。翻译生涯长达二十多年，代表译作包括谷崎润一郎的《梦之浮桥》、梦枕貘的《阴阳师》、东野圭吾的《悖论13》、松本清张的《点与线》、新海诚《天气之子》等。
全新译作《罗生门》《地狱变》《芭蕉杂记》《中国游记》入选"作家榜经典名著"，率先出版的《罗生门》上市就热销，获得当当2023年4月新书热卖榜世界名著第一名。

译 著

1999 年	《水墨画的世界》	[日] 东山魁夷
2003 年	《黑屋吊影》	[日] 贵志佑介
2005 年	《阴阳师》	[日] 梦枕貘
2008 年	《勇者物语》	[日] 宫部美雪
2010 年	《点与线》	[日] 松本清张
2010 年	《我的男人》	[日] 樱庭一树
2012 年	《悖论 13》	[日] 东野圭吾
2013 年	《钝感力》	[日] 渡边淳一
2013 年	《我的男友》	[日] 青山七惠
2013 年	《幻之光》	[日] 宫本辉
2014 年	《欲望》	[日] 小池真理子
2015 年	《动机》	[日] 横山秀夫
2017 年	《墙》	[日] 安部公房
2017 年	《梦之浮桥》	[日] 谷崎润一郎
2019 年	《天气之子》	[日] 新海诚
2023 年	《罗生门》	[日] 芥川龙之介
2023 年	《地狱变》	[日] 芥川龙之介
2023 年	《芭蕉杂记》	[日] 芥川龙之介
2023 年	《中国游记》	[日] 芥川龙之介

作家榜®经典名著

读经典名著，认准作家榜

作家榜，创立于2006年的知名文化品牌，致力于促进全民阅读，推广全球经典，连续13年发布作家富豪榜系列榜单，引发各大媒体关注华语作家，努力打造"中国文化界奥斯卡"。

旗下图书品牌"作家榜经典名著"系列，精选经典中的经典，凭借好译本、优品质、高颜值的精品经典图书，成为全网常年热销的国民阅读品牌，在新一代读者中享有盛誉。

经典就读作家榜 京东官方旗舰店	经典就读作家榜 天猫官方旗舰店	经典就读作家榜 当当官方旗舰店	经典就读作家榜 拼多多旗舰店

| 策　　划 | 作家榜 |
| 出　　品 | |

出 品 人	吴怀尧
总 编 辑	周公度
产品经理	丁浩炜　李洁敏
美术编辑	杨净净
封面设计	王贝贝　张于吉
内文插图	罗思羿
产品监制	陈　俊
特约印制	朱　毓

| 版权所有 | 大星文化 |
| 官方电话 | 021-60839180 |

经典就读作家榜
抖音扫码关注我

作家榜官方微博
经典好书免费送

百态人生
尽在故事会

图书在版编目（CIP）数据

芭蕉杂记 / (日) 芥川龙之介著；林青华译. -- 杭州：浙江文艺出版社，2023.7
（作家榜经典名著）
ISBN 978-7-5339-7108-3

Ⅰ.①芭… Ⅱ.①芥… ②林… Ⅲ.①随笔—作品集—日本—现代 Ⅳ.①I313.65

中国国家版本馆CIP数据核字(2023)第015193号

责任编辑：陈　园

芭蕉杂记

[日] 芥川龙之介 著　林青华 译

全案策划
大星（上海）文化传媒有限公司

出版发行
浙江文艺出版社
杭州市体育场路347号　邮编 310006
浙江省新华书店集团有限公司 经销
上海盛通时代印刷有限公司 印刷

2023年7月第1版　2023年7月第1次印刷
889毫米×1194毫米　32开本　6.875印张　6插页
印数：1—8000　字数：143千字
书号：ISBN 978-7-5339-7108-3
定价：39.80元

版权所有　侵权必究
（如有印装质量问题影响阅读，请联系021-60839180调换）